为了人与书的相遇

朱天心

漫游者

广西师范大学出版社
·桂林·

图书在版编目(CIP)数据

漫游者 / 朱天心著 . —桂林：广西师范大学出版社，2018.5

ISBN 978-7-5495-9571-6

Ⅰ . ①漫… Ⅱ . ①朱… Ⅲ . ①短篇小说 – 小说集 –

中国 – 当代 Ⅳ . ① I247.7

中国版本图书馆 CIP 数据核字 (2018) 第 079017 号

广西师范大学出版社出版发行

广西桂林市五里店路 9 号　邮政编码：541004

网址：www.bbtpress.com

出 版 人：张艺兵

全国新华书店经销

发行热线：010-64284815

山东临沂新华印刷物流集团有限责任公司

开本：850mm × 1168mm　1/32

印张：5.75　字数：80 千字

2018 年 6 月第 1 版　2018 年 6 月第 1 次印刷

定价：42. 00 元

目 录

代序　那一刻 / 唐诺 1

说明 / 朱天心 35

五月的蓝色月亮 39

梦一途 65

出 航 87

银河铁道 111

远方的雷声 143

《华太平家传》的作者与我 165

代序　那一刻

一个现场目击者的记忆和说明

唐诺

亲人的证词效力极有限，因此这只是实话实说，事关我自己的文学思索，所以非得诚实不可——朱天心的《漫游者》是我最喜欢她的一部作品，喜欢的基调是惊奇，一步一步惊奇不已，不晓得下一句又会看到什么，以及通往哪里去，更不知道她能怎么从这样的书写回来（以我和朱天心的熟悉程度，这样骤然袭来的陌生感是不可思议的）。《漫游者》是一本奇特的小说，忽然，在那一刻，几乎没预警的，朱天心写到了某个颤巍巍的异样高度，小说切线般岔了出去，或者说起飞了，这对小说书写一事颇危险，也对自己危险。

这是小说没错，但《漫游者》更像是赋。赋这个古老的文体，原是向着某个巨大而神圣的对象写的，一对一，仰头，不容（无暇在意）他人，竭尽所能。所以，或极奢华大言，或极度悲伤。

《漫游者》一书共五篇小说加一篇名为《〈华太平家传〉的作者与我》的短文，书写时间从一九九七年底到二〇〇〇年深秋。所以说，我所谓的“那一刻”历时近三年。但是，如果我们把一九九七年底孤零零的《五月的蓝色月亮》暂时移开，就集中于一九九九年四月到二〇〇〇年秋，“那一刻”凝结为世纪之交的那一年半时间——一年半，日替星移，依旧是好长的“那一刻”。

但这里有一个确确实实的时间定点，时间长河里的一个锚，一件大事，那就是朱天心的父亲、我的老师，也正是写《华太平家传》的小说家朱西甯病逝于一九九八年三月二十二日。这样，《漫游者》一书的时间图像便清清楚楚了——《漫游者》是一部死亡之书，是死亡直接驱动了这一趟书写，死亡在小说中（或说借助小说、通过小说）展开了、极细节地分解开来，之中、之后、之前。前行的《五月的蓝色月亮》是脚步声音，是预兆并预言：“因为数千年前书写在纸莎草纸或陶片上的诗歌早已经记载清楚你的命运……”现实里发生的事是老师初次检验出罹癌（三期），朱天心以自己替换父亲，仿佛把癌细胞抢过来放自己身体里，“你希望以什么方式死亡？”地化为这一趟又高高飞起又一步一步艰苦行走的奇异迷途旅程，不讳言就让死亡发生、进行（小说真是诚实得可怕）。我现在回想当时，家中诸人的日子仍过得正常，平稳不惊甚至乐观（也许正如朱天心在《想我眷村的兄弟们》里讲的，死亡还从未真正进入过这个家庭，在这里，死亡仍如此陌生、不实在），但通过小说，朱天心仿佛察知了已等在不远之处的无可拒绝结果，她仿佛一个人默默地为此做准备。学习、并试着记住一切：“死亡今天就在我面前，/像没药的香味，/像微风天坐在风帆下。/死亡今天就在我面前，/像荷花的芬芳，/像酒醉后坐在河岸上。/死亡今天就在我面前，/像雨过后的晴天，/像人发现他所忽视的东西。/死亡今天就在我面前，/像人被囚禁多年，/期待着探望他的亲人。……”

像雨过后的晴天，像人发现他忽视的东西，像是囚禁多年的人期待着探望他的亲人。

一年半不到时间接连着交出四篇小说，以朱天心的一贯书写速度和间隔节奏来看，这算惊人地快而且稠密，或更像是世界的某种再不同以往的面貌连同全新的隙缝朝她显露。这四篇小说有各自的好奇或说奇妙询问，《梦一途》说的是做梦（写于一九九九年四月，几乎就是贴着父亲的死亡书写），依循这一道古老的夜间飞翔之路，惟语调异样轻快甚至甜美（令人不安的甜美）。朱天心说她持续着做同一种梦：她一再（回）去同一个新市镇，以至于她愈来愈熟悉还开始动手一点一点地打造它增添它，把自己看过的、知道的、难忘和想望的好东西放进去，比方街道，中山北路、大阪雨中的御堂筋、夏日巴黎河左岸星期日傍晚鲜有路人的圣杰曼大道、维也纳荫覆着哈布斯堡王朝末代植的百年栗树的环城大道、伊斯坦布尔蓝色回教寺前植满也是毛栗树吗的大路，还有乌比诺——拉斐尔的故乡，乌比诺临悬崖建的沿城墙小道（费里尼说的众多他喜爱的事物之一：发现自己在星期天的乌比诺）……“种种，你有意无意努力经营着你的梦中市镇，无非抱持着一种推测：有一天，当它越来越清晰，清晰过你现存的世界，那或将是你必须——换个心态或该说——是你可以离开并前往的时刻了。”

“这样吧，入梦来，所有死去的、没死的亲人或友伴——”

这里，我非常犹豫，如同卡尔维诺谈珀耳修斯神话故事时的犹豫不安：我该不该讲得这么明，这么单一强调呢？但这个新市镇就是天堂吧——没有宗教可乞援，不由神统一先造好放那里，没至高者可赐下，只有老实自己一点一点打造起来的至福至美之地——朱天心一人版的天堂。

我比较喜欢这样的天堂，这种事还是由文学家来做比较对，而不是宗教家或乌托邦主义者那些蹩脚的书写者，这样的至福至善也离我们比较近，不排拒不抛弃死亡和死亡之前我们认真过活的人生，连同其全部的悲伤和怀念（我想起博尔赫斯讲回归他天家后的耶稣，说他会开始怀念加利利地区的雨，怀念他父亲约瑟木匠间里木头的清香，怀念那仰头可见最令人怀念的星空……）。可也如此，天堂不再如人类学者米德夫人发现的总是那么空洞贫乏而且没色彩：“只要每一想到坐在一团云堆上弹竖琴弹上个一万年，就觉得头皮发麻。”就连了不起如但丁《神曲》的天堂篇都不行，遑论来自生活贫乏之乡的《圣经》。这个新市镇装载着实物乃至于实事实景，是人一辈子的记忆、搜集及其成果，连同疑惑都保留，和人一生里的每一特定时刻每一特定经历相干并且密密嵌合交织着，也让人这一生可望多出来一个价值，或说更细点，我们所做过的每一件事情都可以多一层有内容有来历可再想下去的动人意义，不是粗疏的善恶二分劈开，更不会像《传道书》所说的都只是捕风只是虚空。不遗忘，不无用，不随便舍弃丢失，我不这么轻视自己的人生，也不乐意谁这么视我的人生如无物，就算他是祂这样的至高者。

《出航》则几乎和《梦一途》逆向而行，它由最大的悲伤开始，毫不眨眼的，小说开头甚至是骇人的，直接从已刚由医生宣布死亡的（父亲）肉身写起，写“死后发热”的身体，写“扶起更衣时，他的头，像被斩断似的重重垂在胸前，你看在眼里，知道他才不管你们的已上路了。/会在哪儿呢？”——始于死亡，走向明迷恍惚；正因为由死亡重新出航，这个现实世界已变成了另一个世界，路是另一种路了。

小说里，朱天心想象逝者再自由不过地飞起来，如候鸟，追寻日月星辰和祖辈飞行路线高高离开了，或像《奥德赛》

里描述的灵魂:“如梦似幻，轻盈款摆，消失无踪。”而生者，被抛下来，留在地面只能一步一步行走，上山下海，走遍世界地极，寻找逝者可能的栖息所在；或竟然是，如同胸前捧着骨灰、领着魂灵、为它寻访最后安居之所的发愿之人，每到一地，总温柔地低头询问：“这里可好？”

很奇特的，如果可以有最终的答案，居然会是在纽西兰——那是一次偶然的旅行（现实中，是朱天心和谢海盟母子同行），“首次，并未察觉的，你和各色人种同舟在纽西兰的某萤火虫洞内，那地下天然形成的水流半点水波不兴并且深浅未知，游人合作地屏息静默，任冥河老船夫奇戎渡你们，一进一进至洞深处，未久，便出现繁星，因为是不会飞的品种的萤火虫，它们真的恒星一样布满黑得没有景深了的洞壁放着冷光，你心底半点没预告地冒出一句：‘原来是这里……’/为什么会是这里？但当然就是这里。”

一直到今天，我仍不知道那个当下触动了朱天心的究竟是什么，我也难以想象朱老师真会选择这里——深居简出、一生如文字手工匠人那样工作的朱老师从未跨越过赤道，应该心思也鲜少飘过去，而且，这必迥异于朱老师的宗教思维（老师是虔诚的基督徒）。那里，人是全然陌生的仿佛另一人种，土地土壤和冰蚀的奇峻景观既不同于台北市更加不像大陆华北，就连头顶上星空都不一样，负责指路的是南十字星而不是北极星。事实上，小说中朱天心自己的反应亦复如此："叫你像很多人一样在那里活着终老都不愿意，你大大吃惊你的灵魂未来栖息之处将是，将是这样的，这样的。"

以下完全不构成解释，但我自己想的是——但这样才叫自由了吧，除了慑人的美一片空无，像葛林讲的"那里完全是空的"，全然的自由和再没牵绊，没有家族更加不会有国族云云那一堆阴森森又湿黏黏的狗屁东西，还不受困于宗教的种种蹩脚猜想（已硬化为种种戒律的猜想），也不必再勤力操持，没有了身体的病痛及其禁锢，所有的烦忧包括可能最困难的爱别离苦都不及于你了，"无论如何，你已化为一股硝子风在大气中，爱去哪里就去哪里"。美丽的空无，这样的发现同时也是生者的一个希冀乃至于就是松手了吧，一个何其慷慨却又多悲伤的发现。

然后的《银河铁道》(名字很显然来自于宫泽贤治那部童话名著《银河铁道之夜》),二〇〇〇年夏天,已一年多之后了。这使用了现实里朱天心和谢海盟俩的一个旅游秘密游戏经验,先是,两人在小叮当电影《大雄与地底龙骑士王国》里看到了一个有趣的线索——电影中,阿福(小夫)的遥控飞机掉入了他们居处不远的那条河里,不经意地泄露出河的名字是玉川,而二子玉川这段水圳是朱天心和谢海盟颇熟悉常走的,只在奥多摩线的福生到羽川这一截叫这名字,这有望解答两人多年来的好奇。"总总,你在找寻的是几个小孩的故居,多年来,你只知道他们住在大河旁的社区(上游?中游?下游?),他们曾经偷偷合养过一只蛇颈龙在那河里,他们曾从河里直走到地底王国,还有夕阳满天飞过噢噢大叫的乌鸦时,那颗你熟识的红落日也在那映着夕照的河面上,时间,仿佛停了。/你想寻到他们的社区,看一眼夏日时他们在檐角挂的江户风铃,想看他们在阁楼凭窗摇一把小纸扇赏萤(纸扇上画着紫色牵牛花图样),想和他们一样放学后在巷弄里追来跑去直着喉咙喊,想和他们一起坐在铁丝网圈隔一隅的屋间隙地的水泥管上比赛吹牛,想和他们一起躺在阁楼榻榻米上听喧天的蝉声做白日梦,想和他们一样有一回骑乘一匹优雅可爱的白色天马飞翔在河上，那配合飞翔的乐音好华丽甜美，同样甜美的配乐出现在海底探险的叫‘巴奇’的破车子，巴奇车会说人话，在一场准备慷慨赴义生离死别的戏里，女孩问它，巴奇，你怎么哭了？巴奇赶忙说，不是啦，那是我又漏油了啦。那时候，背景便响起了那又甜美又凄清的乐声，让你发誓到很老很老时听了都一定会想好好哭他一场的……／这一切，都仿佛不识字、不懂人言的六岁时……”

于是，在这一年半朱天心“无重力”的、心猿意马的游荡里（思维的和现实履及的），寻找那个发生了这么多故事和小孩王国的町村、找那条河、找那个通往地底的入口，遂成为这次出走的主线，这延续了稍前（整整一年前）《出航》里最沉重的那一段：“有那么一年的中秋节夜晚，你随父母亲与几位风雅的长辈们，在于今儿童育乐中心临淡水河观音山的那一面岗丘上赏月，他们喝着酒，开怀大笑地聊天吟诗，你两下就不耐烦，征得母亲同意，四下走走玩玩。那时你大约四岁五岁，没多久，发现周遭游人的腿们没一双是你熟悉的，你张皇地抬头分辨那一双双腿上的头脸，一个陌生过一个，只有大的月亮老样子在当空，和不远处平原上静静的银色河湾里同样好大的月亮，但你找不到父母亲了，果真那是世上再没有过悲伤的事了。你张口放声恸哭，震动肝肠，不久就有好心的游人俯下身可能问你父母在哪儿、叫什么名字、是不是走丢了……你紧捏着一角月饼，哭声震天，无法答话，无法听见，无法视物（只剩下夜凉潮湿的空气中隐隐一现鲜烈涩香的气息），你成了一头没有过去没有未来洪荒里的小兽。”

与其说是使用童年记忆，不如说是“原来如此”，重新发现自己那些个童年记忆（闲置的、不知有何意思的、乃至于以为自己早忘掉的）；还有，也许只有回转到自己小孩的模样，人才敢这样子哭，人才能如此放心地悲伤，让悲伤完整，让情感完整。

或者说，你心中有事有疑，才让记忆依此重开，那些个与此相关的遥遥记忆感受到磁力一般浮现出来，恢复它的光彩，并强迫记忆回答。

朱天心大概比谁都需要这样，原因是——在这样一屋子小说书写者挤一起的奇怪家庭，朱老师生前不止一次笑着说是“父不父子不子”。尤其朱天心，书末短文《〈华太平家传〉的作者与我》里讲的俱是事实真相（其实这一个篇名已差不多全说了），其间挑战父亲最多最早也最久的正是朱天心，她质疑父亲的宗教，质疑父亲的一部分家国思维，还质疑父亲太温厚不争的交友方式云云，不父不子意味着比较像小说同业的彼此相待，闻道术业，这让这个家庭多出来很多东西很多话题，以及很多理性，但也让某些寻常东西寻常情感沉落下去。

缅怀亲人的书写，常常犯一种错，这与其说是技艺不好，不如讲不够认真地、诚实地相信自己（技艺原是为着克服书写困难逼生出来），那就是急于跳回童年，只使用童年，而且童年记忆安静完整得如摊开的卷轴，历历分明，怎么可能会这样？怎么可能人像白活了也似的日后这几十年全不渗入全没意义？正确的回忆（是的，我毫不犹豫用‘正确’这个词）只能是人当下的再次回想、赫拉克里特之河的第一次循此径回想。那个童年，必定包含了满满日后的你尤其此时此际的你，满满是你此时此际才看得出的面向、意味、深度和疑问缺漏，以及，德·昆西所说的满是棱角和裂纹。

没让人可安心的答案，逼人像各个可能的记忆深处寻去，尤其童年、更童年、童年的深不见底洞窟，这就是最后一篇的《远方的雷声》。

时钟停摆，指针掉落，如朱天心所说的。

这篇完成于父后一年半的小说，一切像静止下来，人停下脚步，或说，（预备）凝聚为一次总的、最后的、再不回头当然也不打算和解的出走；这篇小说，文字安静得惊心动魄："假想，必须永远离开这岛屿的那一刻，最叫你怀念的，会是什么？"

这问的不是大的、明确堂皇的回答（那些都已反复想过了、说过了），而是、"请你就像那名历史悬案中人，回首一望，仿佛濒死之人，一生闪过眼前，最后留在视网膜上的，会是什么？会停格在什么样的一个画面？也仿佛写在一块遭风吹日晒得失了颜色的木牌上的字句：南都一望。木牌立在奈良远郊不很有人迹的白毫寺前，你听话地回首一望，漫天大雪中，只能隐见盆地的依稀轮廓。"

我也很记得现实那一天，朱天心、谢海盟和我，从志贺直哉故居前开始跟着雪走，绕过新药师寺，岔向山边的农田和农家，第一次走到白毫寺，发现了那块木牌。

“会是花梨木的气味吗？”——记忆紧紧揣着这个大疑问，从极幼年追猎、捕获那只细腰螳螂，误入了没顶的、望不到辨不出家在哪儿的草深处开始（我煞风景地想起来纳博科夫讲的，诗，始于这样高高的茅草丛里）；穿过搬家摇摇晃晃拼装车（马车？）上、天黑大哭起来、才刚要上幼稚园大班的姊姊（朱天文）……；穿过小学一年级放学回家那次脱队，第一次走上田埂走进全然陌生的人家村里……；穿过大水灾过后迁村前夕，父亲手植的玫瑰初次成功地抽了芽（“那紫色嫩叶看起来可口极了”），和当时那个打算躲起来、一个人留下来靠小牛家（已先搬走）葡萄树过活的自己……；穿过秋天那有一阵没一阵的芸香科花香（“前面必定有一株柚子树或一个柚子园”）……；穿过那一条夹在监狱般灰泥高墙和白色茸穗花纷纷落下白千层树的笔直没尽头之路（衣物和回程车钱在游泳池被偷，一干人徒步走了二十站回家，走到入夜）……；穿过外公家帮佣阿姨那天黄昏沿东边河坝上的奇怪哭泣……；穿过那个已离台多年不知所踪的少年友人（丁亚民），以及一次次和他共谋犯罪也似的出走游荡……；穿过屏东糖厂很鬼魅每天下午三点整准时降下的超大雷雨（高的芒果树和更高的大王椰，低矮的七里香树篱和金露花丛）……；最后，记忆停在了黄昏村中大道上从交通车走下来、下班的父亲，那个“比你现在年轻六岁，不到三十六岁的父亲”。

“会是灯笼节吃过晚饭后的晚上？”小说留在了这个夜晚，远远天际传来雷声，母亲说:“是ㄔㄨㄣ雷（台湾拼音，春雷)，不晓得会不会下雨？”紧跟着，停电了，戛然而止。

这其实是一长串完全没办法引述、以其他方式（尺寸）重现的文字，全是细如针尖细如粉末的影像以及只是声音气味色泽乃至于只光影一瞬（奇怪却又一个个都如此具体，像是唯物的而非唯心的)。这里，文字一个个被朱天心捻得极小极细，不绝如缕，人专注到一种不敢眨眼的地步，好提心吊胆但又恢恢有余进去每一处时间的裂缝里。我想起朱天心才写完这篇《远方的雷声》跟我讲的，她原先以为自己的童年记忆已想尽写尽了（她记忆力绝佳又屡屡回顾有老灵魂之名，反复在书写中使用了这么多年)，但经过这回，她又想起了好多，好像找到了另一条回忆路径及其开启方式，有好多她写不进这一次的小说里面。朱天心当时说得有点跃跃欲试。

这一切全是自自然然形成的。朱天心的小说技艺精湛（写这么多年了，不精湛怎么行？），只是她从不单独使用、表现、试验小说技艺；技艺始终跟随在小说的内容、小说的询问之后一步，在询问和答复里奋力地发现、形成、内化并稳固下来，如博尔赫斯所说并没有单独存在的美学这东西。《远方的雷声》，因为问题这么巨大、迫切和认真，以几乎是笨拙的直问直答方式进行。但是，“会是花梨木的气味吗？”“会是大水灾后、迁村前的那个夏天？”“说起那会随晚风一阵纷纷落雪的白千层小穗花，会是学会汉语（曾经的“国语”）前你被托管在客家庄的那一年吗？”“不然，会是那个同样一阵大风吹过，眼前纷纷落下被南方太阳晒软、饱含熯香的椰林穗花的夏日午后吗？那股风明显是雷雨前的征兆……”“会是更早些年的夏天……”，记忆有它自己的意识、行进方式和道路，闪现、流动、渗入、相互呼唤、乃至于磁力牵引般的诗样纵跳，所以，这一连串“会是……”的试图回答，遂像是头韵，像是反复吟咏（余音徘徊不走，或说情感上还不尽意不甘心不肯停止），像是一次又一次的记忆奋力重开并细心微调，更是一次又一次回到初心，钉铁钉般回到最原初的问题里来，绝不让自己被记忆里甜美的赛壬歌声给带走。

《远方的雷声》同时也是引述他者最少的一篇，再没各种上穷碧落下黄泉的话语故事，从文字上看，也是回来了。

这整整一年半的书写（出走），宁静的、柔和的、清澈的（仿佛一阵尘烟过后，一种惊心动魄安详地浮现出来）停止在年轻英气的父亲身上，收在远远雷声滚动如提早惊蛰的这个停电夜里，看起来也是自自然然的。

这么说不是文学见解（文学见解得再严谨些），而是阅读者稍稍恣意的建言——是否就把《漫游者》读成一部完整的长篇小说？不绝的、屡起的、蓄出一丝力气就赶紧再出发再突围再追问的。毫无疑问，从内的情感到外的文字，《漫游者》五篇不只是完整而已，应该说是专注、稠密、紧凑且一路到底，如果我们以乐曲而不是以文字小说来读，这一切也许会变得更明白不疑——这里，我想起来初读《漫游者》当时，我觉得自己稍微有点懂了，为什么老练的、技艺纯熟到不耐烦不满足、还想让小说多做到点什么的小说家会尝试援引音乐的调式及其节奏起伏变化来写。相较于音乐（始生于人心，顺应着人心的自然流动起伏，如黑格尔说的那是文字到达不了的。又、人类使用音乐早于使用文字几百万年之久），文字书写，尤其小说，仍是“人造物”，发明在人类思维已充分成熟并厚实积累的近世，有着诸多概念性的理性抽空设计，这是外于人的。如此外于人、让人逃离开自己有其重大的意义和企图，也被赋予了种种特殊的期待，但终究，这样也就不再能够那么贴紧人心了，人的情感因距离关系显得淡漠，至少不那么稠密微妙了。人世微波，张爱玲曾笑说这是云端上看厮杀，即使厮杀的正是自己。

到目前为止，朱天心单篇最长的作品是《古都》和《初夏荷花时期的爱情》，五六万字，一般我们称之为中篇。朱天心没写长篇有种种真的假的、郑重的开玩笑的理由（如她讨厌写字；她极度厌恶时下那种文字拖着文字、如文字自体无限繁衍的书写方式；她不想还写那种有写就有、谁都会而且老早被写尽成渣、成为流行桥段的东西，小说都已经走到哪里了；她不耐烦长篇总是难以避开、只用为交代和黏着剂的种种过场……），起码有一点我看是真的、极核心的，那就是朱天心总是第一时间写到“点”上，她的笔很直，正面攻坚，不闪不绕（阿城语），书写之于她从不悠闲、不是身姿华美的余事，写小说是纯纯粹粹的志业之事，生命中最难说成的话由它来说、最难做到的事通过它来执行，得拼命或至少拼尽全力。也因此，朱天心不是专注力不足（她曾笑称自己撑不完一部长篇的漫漫悠悠时光），她总是专注到如同陷入，所以正正好相反，依我看正因为她太专注了，我看过太多次她写完一篇小说的憔悴苍白模样，总像才生了一场大病，所以尽管理性上看着也心急（华文世界如她级别的小说家谁没交出长篇呢？），但这么多年下来，我始终不敢劝她开笔写长篇。

我知道（朱天心其实也知道并承认，她是个很好的小说阅读者，完全能欣赏其他了不起书写者的种种成果），小说不是只能如她这样写，小说四面八方而去仍大有其他可能，但朱天心有她的选择，专心侍奉她认定的那一尊小说魔神。

惟《漫游者》可是足足写了一年半只多不少（加进前

导的《五月的蓝色月亮》则是三年），“那一刻”诡异得如此漫长，这里必定有着什么非比寻常的东西——也许她对父亲奇异的深情就足够了（想想，远古的三年之丧也许真有这样持续的、徘徊不走的情感基础，尽管并不多人这样，遂也成为太严苛的伦理要求），但依我看，在这悲伤之上还叠加了不相上下强度浓度的愤怒，两倍（以上）的非比寻常。长达二三十年，朱老师一直是台湾最好的小说家（加不加之一无妨），绝不是因为他是我老师所以我如此说，而是因为他是所以我才努力成为他的学生。但就在他书写晚年，政治张狂地不断入侵文学如同瘟疫，而且还是那种最没出息、老早已是历史灰烬的最偏狭地域主义、出身论，直接看户籍上的出生地点来决定人的文学成绩甚至文学书写资格，台湾的文学程度和教养崩坏般突然倒退了几百年上千年（但也合理，如历史经验在在显示的，这种反智的所谓“爱台湾”的确是无赖恶棍懒汉骗子唯一的出头捷径，绑标一样，不如此这些人一无机会）。

悲伤源于自然生死循环，就算挥之不去，其最深处终究令人无话可说；愤怒则向着人的愚行，这里面有种种是非曲直善恶，有严正的公共性，不是单纯的一人之事，也不可以为求自已心身安泰而轻易松手。

对朱天心而言，愤怒显然来得更早，之前她已一路写了《想我眷村的兄弟们》（一九九二）、《小说家的政治周记》（一九九四）、《古都》（一九九七），那时候同业父亲仍健康。

如此，我们或许就看懂了，《远方的雷声》的这个大哉一问："假想，必须永远离开岛屿的那一刻，最叫你怀念的，会是什么？"这既是人死的离开，也是某种现实已归于绝望的去国——语调外弛得如此不澜不惊如同潮水退走，几乎是安详了，其关键是时间，三年了，或至少一年半，悲伤和愤怒在持续交替拍打中，渐渐地糅合为一个，遂像是走到了某个时间尽头了，成为阿城讲朱天心其人其文时所提出来的忧郁："我年轻时打过一阵铁，铁在烧着的炭中，先是深红，之后是橘黄，黄，淡黄，白，此时逼视之，白中开始发青，这青即是极端时反而忧郁。"

我不太想多说朱天心写《漫游者》之时之后的生活和身心样态，这确实有一点不堪回首之感，即便我以为书写成果惊人，但代价仍然太大。更重要的，我以为这是一个书写者皆当谨守的专业性根本规范，不由谁外加，也不仅仅是礼貌教养，而是原生于某个书写核心之处，直接决定着书写成果的高度、广度和好坏甚至成败——我以为，一个作家不应该多谈自己如何受苦，即便这全部是真的、刻骨铭心的；这是书写大神极冷血的一个要求。

如今，此一要求似乎越来越不被讲究，不记得了或者根本不知道。中国大陆的状况较令人不忍心，因为的确有太多苦恸的记忆犹鲜明才如昨日，历史有着太多凌驾于人的不公正包括自然的和人为的，所以上代人写自身受苦的故事，这代人接续着写自己父母长辈的故事；台湾则让人有些不知如何是好，由于诸如此类的真实记忆稀薄到几近归零（抛弃记忆又是当前台湾的另一波潮水），受苦一事遂被逼往形而上的高处，或直接就是自己百病缠身的身体（但大多数人却又如此年轻，就像他们换篇文章所宣称的，自己年纪还小，还‘来不及长大’）。几年前我去大陆评施耐庵文学奖，忍不住讲了："书写者的悲伤超过了读者，这会让人读起来很尴尬。"

尴尬，然后就是不耐，最终则干脆冷血，十九世纪的旧俄书写（一个历史苦难和不公义不绝的时刻）显然也有此倾向，所以最终莱蒙托夫的诗这么说那些叫苦叫痛的书写者："他痛苦或不曾痛苦，这和我有什么相干呢？"

是的，人人皆有父母，到我们这般年岁，更人人都有已离去、正离去的父母。仔细回想，这里有一个其实相当奇异的书写选择，那就是《漫游者》为什么不是散文？散文多通畅淋漓？散文可直抒胸怀，散文甚至不必讲理，事实支撑住它（所以在读到一个不合理的书中人物时，博尔赫斯极聪明地指出："我猜这是依据真人实事写的。"）。但我以为朱天心做了很"正确"的、至少是很好的书写选择，隔了一层的小说体例，帮了她打开单子也似的封闭悲伤，让她不致一直深陷进去，帮她回到世界，让这个悲伤可以被包裹、被携带、被思索。

散文里的我只有一个，书写者的我和被书写者的我合而为一，独处，集中，专断，强大如矢；而小说的我则是分离的甚至远距的，现实里的那个我（朱天心用的是'你'，这无妨）只是小说中的一个人物，站在人群之中，站在流动不居的时间大河里，自自然然地和他者相互比较、交换着悲伤，轮流地听和讲。或直接这么残忍点地说吧，父亲的辞世由此进入到人类从古至今亿亿万万如星辰如细砂的普遍死亡之中，进入大自然无可违背的规则里，人与他者的经历、话语、感受交叠在一起，其细节甚至是可交换的，如此，他者的经历、话语、感受复原了（或首次以如此清明完整、'像雨过后的晴天'的样态呈现出）意义。小说里的死亡因此是讲理的，也必须讲理。

道理，必定会替换掉（一部分的）悲伤。道理是光，射进来。

但这里面有着一个大问题或说威胁，我猜是朱天心很抗拒的，她一定很快就察觉——本雅明在《说故事的人》里论述得非常漂亮，他指出来，个体再狂暴、再不可思议的经历一旦成功说了出来，便进入到集体的故事之中，和他者的类似声音融在一起，打开了（或者说失去了）其不可解的独特性，在普遍的、如上升至松软云端的经验里平和下来，对悲恸的人而言，这便是故事（文学）的安慰。但我们也可以说这是失忆，人宛如交出自己的记忆，通过集体记忆的筛选和融合，去除掉其最坚硬最折磨人的那部分。宗教者很懂这个，他们一般称之为“放下”，“凡劳苦背负重担的人到我这里来皆当卸下”，不是靠高深智慧的道理来解破（通常只是重复那几句乏味、蹩脚的教义），而是让人在众人的围拥中、喃喃话语里松手、放开、遗忘。书写者尤其小说家也一再从经验中深切察觉此事，很多人以各式强弱不等的话语讲过（包括之前的朱天心自己，她还是以哪吒的悍厉凄绝割肉故事来比喻），纳博科夫的讲法是，个人记忆一旦写入小说，便让位给、转化成为书中人物所有，所以记忆写一个少一个，用一块少一块。

朱天心抗拒小说的就是这个——失忆，即便这能带来安慰平息哀伤。她怎么可能交出来父亲的记忆呢？这是张爱玲说过的，那等于是让父亲快快再死去一次，不战而降，或如她所引述的凄凉风景："死就是死，风会吹走我们的足迹，那时我们真就完全地死去。"《漫游者》的书写，遂也是一个和小说大神不断讨价还价的极激烈角力过程，我们很容易就看得出来，书中的“你”一直紧紧地、几乎是紧张地揣着某物，像那种神经质的、时时担心害怕偷盗抢匪的旅行人，走到哪里都只是个外来者陌生人（包括在当下的台北市），小说家林俊颖说的“异心之人”；甚至，我们该说这个“你”根本不算是个纯净的小说人物，更多正是那个从现实世界直接进来、不驯服不肯放下任何东西的朱天心，原本较合适置身散文里的朱天心。

我想起来年轻早逝诗人普希金的这句话：“我不会一整个死去。”

无论如何，这书写的确是依循小说之路展开了。小说的冷却、隔离、陌生化并且分解效果，延伸了悲伤（也可以说暂时让悲伤一整个沉落进记忆里），带进来时间，并且拎起人来也似的把这段时间里的一切都化为出走、化为旅程——白天的行走成了旅程，夜间的梦境成为旅程、成为歌德所说的“那是远古而来我们所学会的神秘飞翔”，心智、思维的时时起伏流动纵跳无不持续成为旅程（我喜欢列维-斯特劳斯讲的：“在思想里所经验的事。”如此可持续可交换，如此确确实实如身体的经验）。于是白天黑夜，现实和梦境乃至于幻境全混同成一个（“但那是我自己的忧郁，以多种草药混合，淬炼自多种物体，更是我在旅程中的多方冥想，而借着经常反复思索，将我包裹于最幽默的悲哀中。”）。这可能不该只用书写技艺来解释，事实上也看不到纯技艺难能完全拭去的凿痕，概念的痕迹，种种接榫黏合的痕迹，只因为它们全包裹在同一个巨大的、几乎至大无外的悲伤里，都试图回答同一个追根究底（无望解答）的询问：“然而真希望这一切冥冥中能有众法护持，就如同那则传说中千年来的银河路，前往朝圣的人连在夜里兼程赶路都可依银河位置标出行路途径。”于是，这一切，有据无据的，都平等了，也“材料化”了，遂成为同质之物。

《漫游者》最终“不那么像小说”（或者说，小说仍有这样超出我们惯性认知的可能），但像的不是日后悠闲端庄的汉赋，而是犹生于某个幽深、光影迷离、生和死界限不明、现实和梦境不分世界的楚辞。有说是最像一场漫长旅程的《离骚》，以及那个“颜色憔悴形容枯槁”、但上天入地非问出点什么不可的书写者漫游者；也有提到《招魂》，古远的生者死者对话，悲恸但如此压抑着如此温柔仔细的叮咛声音，《漫游者》的确满满是这样语调的话语没错：你回来吧，别去东方别去南方别去西方别去北方，东方的大海会吞没你；南方只有熊熊烈火和噬人的巨蛇；西方是千里流沙，那里住着尖牙利爪的猪首怪物；北方则是不可逾越的冰山，以及深不可测无人可回返的冻原冰川……但这次阅读，我想的是《天问》，这极可能是最奇异的一篇，就只说疑问，全是疑问，一个答案也没有，我年轻时算过，总共问了一百六十二个问题左右，这些疑问大小、难易、高下不一非常凌乱，但感觉有人是真的想知道，是一个人的疑问。更有趣的是，他对原先作为解答（或试图平息疑问安慰人心）的传说神话一再发现漏洞发出质疑，意味着他要真答案而不是求取身心安泰。这一百多个问题有今天我们已能够回答的，有问题连同答案已随时间湮没不闻也无须再回答的，但“远古之初谁传道之？上下未形何由考之？”，更多是这样三千年后我们仍不知不会的，所谓的大疑，越过了我们有限的生命和身体，进入死亡进入到边界之外的空无。

这是卡尔维诺的解释（或烦恼），他解释不只一次，可恰当来说《天问》，以及朱天心《漫游者》这样凌乱流窜延伸却又感觉如此矢志如一的追问——世界是一个结，一团乱缠的纱线，一片巨网，每一个看似微不足道的事物，都可以是这个关系网路的中心点，你可以从任一个点开始（“苟有志、则无非事”），当你不由自主去寻索那些关系，繁衍细节，你的描述和离题就变得漫无止境，无论出发点为何，眼前的事物不停往外扩展，席卷更辽阔的视野，如果让它像四面八方继续延伸下去,最后终会囊括(以及出现)一整个宇宙。

尤其系从死亡这个点开启追问时——根本地说，人类的无尽思维本来就始自于对死亡的察觉这一个点，死亡不处理，人很难好好活着。死亡的大疑，是阿尔法是欧米茄，既是最原初的也是最后的；对死亡追问，让我们所有看似坚实有据的答案都显得脆弱不堪（“一想到死亡，一切似乎都变得很可笑。”欧洲某大小说家），都像（或还原）仅仅只是猜想，或者只是某种人试图脱身的安慰。

写《漫游者》的朱天心深陷她从未有过的巨大悲伤之中，当然是这样，但小说并没怎么让我们看到书写者本人的悲伤。恰恰好相反,小说语调绝大多数时候居然是轻快的，甚至甜美，文字也前所未见的华丽，不论是自己写出来的，或采撷自其他书写者。我自己阅读时的第一感是“不祥”，我不是说这是强颜装出来的(不论是基于礼貌或技艺要求)，追索死亡，的确打开了某些边界，带起书写者的飞翔，反身看到世界种种未曾显现的琳琅样貌、内容及其纵深，也看着再不同以往的自己，这里有发现了某物、原来如此的短暂欣喜。但小说这样的“颜色红润”令人不安，比较像是某种不健康的、大病在身的潮红。我想，悲伤之所以被紧紧压住，是因为此刻有比一已放心的悲伤更要紧的事得做，你必须让自己一整个身体的感官一直保持在最灵敏的、完全张开来的状态，并如昆德拉说的，要自己内心的声音完全静默下来，好不遗漏地倾听事物那最细微不可闻的声音。

在旅程结束之前，在这一切一切结束之前，这一口最后的大气是不可以吐出来的。

小说家没有太任性的自由。

《漫游者》，作为一个算熟知朱天心阅读状态的人，我不免在在惊讶，首先是惊讶原来她读了这么多还深深记得这么多（这趟书写结束时她还未满四十三岁，按道理讲还没到思维、阅读和书写的最成熟期才是），然后是惊讶于她如此的“浪费”，《漫游者》几乎一次用掉了全部，而且可不只是“采葑采菲，无以下体”，她几乎只取用它们最尖端最华美的部分，是用得很漂亮，让所有这些光灿且巨大的话语都亲切地化为她思索、感受、自省的晶莹透明微粒，但这可真叫奢侈，或说倾尽所有。

“你的幸福时刻都过去了，而欢乐不会在一生中出现两次，唯独玫瑰一年可以盛开两次，于是，你将不再跟时间游戏，并将无视于那葡萄藤与没药，你将身上披着尸布活在世上，就像麦加的那些回教徒。”——爱伦·坡这番也许是他一生所写出最华丽的话语，在《漫游者》书中有极其特别的位置（朱天心原来并没那么推崇爱伦·坡的作品）。这番话被她完整地、一字不略过地引述了两次，在《出航》的旅程开头和《银河铁道》的旅程末尾，遂成为某种说明、某个执念，乃至于成为预言，甚至是决定。

你将不再跟时间游戏了，而小说正是一种时间游戏，小说活在时间里，只在时间里打开。

是以，《漫游者》成为难以为继的小说书写，代价太大，成本太高，人一生难以支付两次。

从二〇〇〇年新世纪至今（转眼十七八年了），朱天心的小说的确是少产的，只写了一部张大春说是“最恐怖小说”的《初夏荷花时期的爱情》，一篇名为《南都一望》、她自己以为不成功的中篇，另外，她想写自己半生所在场的台湾的《南国岁时记》，至今只交出了《大雪》这个节气。如今，她的书写更多时候是猫而不是人，很大一部分心思转向这个更脆弱更短暂更容易死亡的生命。

这十七八年来，她仍然勤于阅读勤于行走，一样的心思敏锐、易感、认真，一切都依然，就只是小说少了。

刚开始那两三年，我想的确是某种“存货出清”的缘故，毕竟，这样的生命经历不会也不能再来一次，当下，从情感到所知所记所能当然全数交出来（只要小说还能装得下），人一定会感觉自己完全空掉了，会的都写完了。但这不会永远是真的，不管愿不愿意，时间有着人无法干涉的大能，时间会重新生出东西，时间会一块一块空白填补、占领，青草离离。因此，对朱天心的小说书写，我一直是耐心而且“乐观”的（想想，在《漫游者》这样的新基点新视野之上，又会生出什么不可思议的作品来呢？），我信任这样潮来潮去的时间如农人信任四季更迭，这既是经验（毕竟我也书写)，也算信念。

然而，我逐渐发现这里头原来有某种“兴味索然”之感，比外在的时间效应更本心更挥之不去，这极可能是《漫游者》这样的书写（或说出走）最始料未及也最实质伤害（会是永久性的吗？）的地方——这部小说带着朱天心一次越过了太多的边界了，从情感这一面到理性思维那一面，还有文学书写本身、小说的基本守则和能耐本身(某种意义说，小说不是变得难写，而是变得太容易了)。死亡这么一趟“从来没见过有旅行者回来的旅程”，还没去过的普希金讲他“不会一整个死去”，而闯入过窥视过的朱天心则是“再没办法一整个回来”，仿佛她有一大部分的心思魂魄一直遗留在那里，而那样通透清明的“悲伤／光亮”也让日后的一切黯然失色，理智上也许都知道不该如此，但现实世界就只剩一些絮絮叨叨，得之也好，失之也没关系。

我也开始想，小说会不会是她的志业之事？小说这个最终来说仍有它所能有它有所不能的东西，会是她愿意做到最后如她父亲写《华太平家传》那样的一件事吗？

大致，这就是我所知道、我在场看着的《漫游者》（没记错的话，这每一篇还是由我誊写出来的，我是每一篇的第一个读者，并且以一种最接近书写者的稠密速度来读），当我说这是我以为朱天心最好的一部作品，心思其实是很复杂的，也是颇沉重的。

二〇一八年一月于台北

说明

朱天心

父亲不在的这两年多，我始终无法找到适当的言语文字来描述这前所未有的处境和感受，勉强借用姊姊天文的话：它像一颗发射成功的人造卫星，无重力，无意志，不过是放到轨道上就可以运转自如了……

这一段是她在《荒人手记》中写荒人收留的无名鱼。

何以仅能以无名鱼自况？

因为父亲的不在，我才发现与父亲相处的四十年，无时无刻无年无月我不在以言语、行动挑战他的信仰、情感、价值观、待人处世甚至生活琐碎。

我挑战他对待朋友后辈深情温厚，遂得以放胆尖刻孤僻；我挑战他虔诚的基督徒信仰，得以夸言自己是不可知论者并与各路神鬼相嬉；我挑战他的总是无限善意看人看世界，得以穷究坏人坏事并妄想遂行正义；我挑战他简直公务员似的除生病、出国无一日间断在家中一角写作（是我多么想念、无法磨灭的风景），我遂得以任性地动辄停笔个三年五年；我挑战他始终精神奕奕好奇专注周遭大小事物，我遂散漫颓唐十分虚无；我挑战他一直会在那里，以致一直以为他在盛年而自己十五六岁，永远永远。

原来，我一直靠着不断地挑战父亲，才有自己，才知道自己在哪里，才知道自己是什么，才不致“无意志、无重力”地漂移着。

（我真怕父亲毕竟受苦了，因为我的没有一刻休止过的挑战。）

《漫游者》所收的短篇是在这样的状态下写就的，另一篇文字《〈华太平家传〉的作者与我》基于同样的理由一并收录。

无名鱼的日子尚有多久，奇怪我并不措意也不做努力，仿佛酒醉后坐在微风天的风帆下，醺醺然，那荷花，好香。

五月的蓝色月亮

每每飞机起飞的时候，

不管是出国或在返家旅途的异国机场，

你凭窗看着舱外阳光下疾风中

颤栗栗的管它什么草，

无可比拟地

打心底羡慕它，

羡慕它可以不用离开地面，

一辈子。

简直想不透，没有战乱的年代（很长一段时间、在你的岛屿），它什么时候偷偷暴长成这样巨大，咬噬着你，不吞掉，也不松口，仿佛一只玩弄蜥蜴的健康“冷酷”的猫（依动物学家劳伦斯的说法，它只是正常愉悦地进食用餐，与冷血残酷毫不相干）。

愉悦的进食……一定也有人这么觉得。九一年，英国《卫报周刊》访问作家库尔特·冯内古特：“你希望以什么方式死亡？”冯内古特答：“在乞力马扎罗山顶坠机身亡。”

你并非一直都是如此畏死之辈。没有太多年前，在一次感情极度失意的情况下，你也曾主动选择以结束生命来面对死亡（自然，结束生命与面对死亡在你看来全然是两码子事）。你真佩服当时何等的勇气，甚至连一般人值此之际必然耽溺于选择那样的自杀方式、那样凄美的向人世告别的手势，你也并不穷究。

耽搁你的是数日之后的统一发票开奖，你好想知道可不可能这次就中了两百万元头奖。

开奖当天，你的感情对象约你见面，他瘦了一圈地告诉你，他决定放弃别人而选择你，非常温和地看着你，瞳孔猫似的放得大大的，大概也发觉你瘦了一圈。你呆呆的，无法有任何反应，一只刚从猫口逃生的蜥蜴。

刚逃过一劫的蜥蜴确实就是这么样，呆呆的，惊魂甫定，或其实继续诈死。秋天的时候，你一定要从家里的猫口抢救下几只蜥蜴。它们被叼返家时多半是活的，你赶忙撒些猫粮饼干让猫松口。有时蜥蜴还是被咬伤了，你便替它撒一些速备粉，把它带到附近山壁去放生。

蜥蜴长得好聪明相，灵长类似的精致美丽想必同样灵活的手指脚掌，黑猩猩一样敢与你对视的双眼在思考，思考着要不要狠狠咬你一记以便逃亡，或暂享受你手心的温暖。面临死亡，能想的其实不多。

放生过好多蜥蜴的山壁枯木干上留着隐隐一道白色的速备粉，一场秋雨，便洗刷干净。

面临死亡，真的能想的其实不多吗？

你真希望也能发自内心大喊出声：我希望在乞力马扎罗山顶坠机身亡！

只因为生命太太太脆弱了？好难呵护？于是索性玉石俱焚？

没有战乱的年代，医学科学最发达的时代，你身畔的友人至亲平安无恙，你唯二不在的亲人都近九十寿终，你哪儿有资格说什么生命太过脆弱太难呵护什么的。

何止太过脆弱，根本连茎一年生的野草也不如……每每飞机起飞的时候，不管是出国或在返家旅途的异国机场，你凭窗看着舱外阳光下疾风中颤栗栗的管它什么草，无可比拟地打心底羡慕它，羡慕它可以不用离开地面，一辈子。

第一次有这样的感觉是年轻时一次快乐的旅行即将结束时，你在与你自己的家乡有六七小时时差的异国，疲惫而快乐地想着不久就可见到分别月余的心爱的人——随即惊恐涌现，天啊你们真是分别得太远太远了，太远的不是加上转机候机的二十多小时的航程，而是好大一块地表上最古老的大陆、第三大洋、最大的半岛……你将脸颊平贴于地表，感觉它第一千八百多亿次的转动，又假想自己是只擅飞的海东青，展翼于万呎高空的上升气流中，任凭海洋、沙漠、落日缓缓静静从你爪缝下飘移而去……

太远了，你害怕全球性的核战爆发，关于现代文明的所有一切全都毁去（虽然在某些时空里，这曾是你所期盼），你没有飞机可搭，没有轮船可渡，甚至不再有会破坏臭氧层的四轮机械可载送你，你得全凭自己——信用卡、货币也不再具意义——你得全凭自己的肉身双脚、执念地往日出处走去。那时候，不再有东方、西方，你得学习以日出日落或那朔风吹起处辨认方向。你的计时器终将电力耗尽，你必须牢牢记住日落几次或候鸟如鹤已几度南飞，因为鸢、燕是经年留在南方哪儿都不去的，如果你择地中海北岸走的话。

如果你择地中海北岸走的话，你得先走出这四周有崇山峻岭围绕的古内陆湖区，并不难，只消找到唯一的峡谷，海神波塞冬某次震怒所造成的大地裂缝，穿奥林帕斯山，小心别遇着狮子或吉卜赛人，顺利的话，日落七次后，你进入色雷斯平原，南端临海处初极狭，是进入亚细亚洲最短距的横渡处。你想办法回忆那渡轮渡你的时间，也许一小时，也许更多，不知是那船速太慢、或海面平静到几乎不觉船行，海风微微，顿时神思飞远，直到对岸港口的霓虹灯 SONY 倒映在波光流离的海面。谁会知道日后你必须再渡一次，全凭己力。

不管多久，多远，你不会游泳，也没有那造米诺斯皇宫工匠的巧艺可以为自己装上蜡凝羽翼以飞越海峡。你放弃从那儿入亚细亚，像史上几场著名战役的大英雄们所做的那样。

你顶朔风而上，日出至日落放眼所见全是同样单调的景致，高大成行的白杨树在气温零度的蓝天大太阳下飒飒作响，黄土地与黄脆的秋草一色，有向日葵烟叶棉花田处一定曾有人烟，你不敢片刻分神万里外的亲人，害怕思念引爆而不得见面的事实会当下把你变作白发老人，秋水望穿。

要不是那肯定从遥远北方恒久不歇的朔风简直就要冲瞎你双眼，你会怀疑自己一直在兜圈子走，因为景色不断重复。

没有兜圈子走。你忘了旅程中曾花十几小时车程穿越色雷斯平原？那天清晨五点就起床出发，中途未有停歇的天暗才到海峡至窄的达达尼尔渡口。天完全大亮时，行经一小镇，同车有晨起不及盥沐的便要求得上厕所，你们车泊镇郊，据说厕所卫生状况和间数不佳，所有人上完足足花了半个多小时。你借此漫步至不远处的海边，有非常古老的橄榄树和你认不出的温带树种，一名小学生年纪的男孩前来向你兜售东西，你倾身细看，像二十年前你故乡一样用旧报纸或书页卷作圆锥筒状，里头放了十来颗栗子，因为不很贵，你如数给了他开的价钱，接过栗子，向着充满最多神话的那海洋吃起来。

栗子都又苦又涩，并且住了一些安居落户颇久的小甲虫原住民，你不放弃地试了每一颗，无一例外。小男孩还在老远那头继续向其他游人推销，你想他一定是平日玩捉迷藏的空当在这附近树下随便捡捡，回家拜托妈妈帮他煮一煮，等熟的同时，把旧作业簿一张张拆下糊作圆筒状，一定是这样，你一厢这么想。

你都忘记了以前读过的，除了印度人外，色雷斯人曾是世界上最大的民族，两千多年前大流士的手下大将如此描述过色雷斯：这里有丰富的造船用的木材，有许多桡材和银矿。

其时，他们习于把男孩当作输出品卖往国外，他们对年轻女孩放纵得很，任她们和所喜好的男人发生关系。刺青，刺青被认为是出身高贵的标志，身上没有刺青就表示是下贱的人；无所事事的人被认为是最尊贵的，耕地的人则受蔑视，靠战争和掠夺为生的被认为是所有人当中最荣誉的(多么像你的家乡同胞)。

核战后，这一切都将会连带毁去？还是时空瞬间短路？像很多好莱坞电影一样，重回到两三千年前，那么你将会遇到希腊联军中的色雷斯军人。他们不难辨认，头戴狐皮帽，身着紧身内衣，外罩五颜六色的外袍，他们脚上和胫部穿幼鹿皮的靴子，随身携带投枪、小圆盾和小短剑。

——你害怕现实中未被父母输出国的小男孩早晚发现你弃在橄榄树下的栗子，你重新拾拢起它们，抛掷进眼前并非蓝色的平静海中，栗子载沉载浮，瓶中信似的，然而它们是遭煮熟了的，有幸漂流到亚细亚也无法落地生根——

你必须想法跟上他们的脚程，尾随他们北上渡海，彼处海峡宽二十几公里，尽管比最窄处的赫勒斯滂宽十六七倍，但有舟桥可渡。有文字的时代，你不是记得这样的句子：芒德罗克列斯在多鱼的博斯普鲁斯上架了桥，于是他把这幅画献给希拉以纪念他的功业。

你务必得一心一意跟从色雷斯军人，勿被自信是长生不死的盖塔伊人所迷惑驻足，你或将数度濒临伊斯特河及其支流，支流的叙帕尼斯河畔有白色的野马游荡，你必不可因为神往——实则它们是至今已经绝种的冻原马，个头不会比一只阿富汗犬高大多少——你必不可因为神往字面上的“白色野马”而流连不归而走得太北，请记得往日出处走，因为老实说北面什么都没有，从没有人能确实说出那里住有什么人。伊斯特河北，你所能看到的只是一望无际的荒漠地带，那里的马据说身量矮小、全身长着长有十公分的绒毛、鼻子短而扁、不能供人乘骑，但用来驾车却十分速捷。据你推测，那应该是如今只存一亚种的欧洲森林野马。

色雷斯人说，河彼岸的全部土地到处都是蜂，谁也不能到那里去。

也有两千多年前与你同样爱四处走走看看的人提出他的看法，他说蜂那种生物是很不耐寒的，毋宁说，熊星下的土地之所以没有人居住是由于寒冷的缘故。但毕竟他无法故意略过阿巴里斯的故事，说这阿巴里斯据说是一个极北地带的居民，他一直不吃东西并把一支箭带往世界的各个角落，但是，这引出一个合理的推测，如果果真有极北居民存在的话，那也就应当有极南居民存在了。然而，当世多少画过全世界地图的人都没有理论根据得极为可笑，因为他们把世界画得就像圆规画得那样圆，四周则环绕着俄刻阿诺斯的水流，而且他们竟然把亚细亚和欧罗巴画成一般大小！

事实上，根本欧罗巴要比亚细亚大得太多了！两千多年前的人如此强烈主张，并且殷殷告诉你，亚细亚直到印度都是有人居住的，但是从那里再向日出处则是一片沙漠，谁也说不清那儿是怎样的一块地方了。

你进入亚细亚，太阳落入黑海，夜晚的风貌两千年之前之后一样，没有日本大商社的霓虹灯广告看板，不久前你曾行过的破落小镇电线杆上贴着十五年前李小龙的电影广告，精赤着上身手执双节棍的李小龙，不知有汉，无论魏晋，难怪不时有大眼深肤的镇民充满善意好奇地老远喊你："嘿，秦！"昔年的突厥人。

你因此不敢直上伊朗高原，也迟疑该否绕高原南麓向西挺进。你记得不久前曾一日复一日走过的小城小镇，例如很多小岗丘上的卫城废墟，往往最下层是波斯人建的，杂着红砖和白垩混凝是拜占庭，露于表层纯石材的是希罗时期……总总就几根孤零零的爱奥尼亚柱子，某尊阿波罗神像的基座，某只某大神的脚丫，某覆满了被风吹成海浪似的野草野花的古战场……活人渐少，愈走愈像走进历史里，很深很深的历史里，不只三千年深，你站在某个保存较佳的古城，众声喧哗真的分不出是那爱琴海海风还是被海风浪涌的橄榄树和荆棘，还是专好无聊争执喋喋不休的神祇们，走下去，就算再两倍于奥德赛的返乡时间，你也回不到有你亲爱渴望重聚的亲人的时空了。

你终将走到高加索山下，你会见到当年为了同情你们替你们从天庭盗了火种而被锁链在山上的泰坦族人普罗米修斯，他告诉你："我宁愿被束缚在这岩石上，也不愿成为神的忠顺奴仆。"

你好吃惊他想法与你一致。

你竟然走到了铜和银交界的时代。

或许，当初应该择地中海南岸走。

择南岸走，你只消耐心等候，总会有自古以来就喜爱航海的民族出海打鱼或劫掠或经商或纯粹冒险。希望你运气不致糟到像某次驾阿耳戈号出航的伊阿宋被一阵北风袭到利比亚的特里托尼斯河口浅滩，至不济像那名采紫螺的渔夫，他因大风迷航而漂流抵的沙洲小岛要近尼罗河口多了。

从河口直下底比斯，走河道的话需时九天，但两千多年前的人没细说九天是脚程或航程，令你难以估计，因为你乘的是火车，夕发午至，卧铺睡至中夜曾起身看星星，唯车内的照明让你什么也看不到。你遂等日出，埃及侍者像当年伺候英国人似的为你端来英式早餐茶和松饼，你睁大双眼望尽车外景致不愿错过，因为那时以为今生不可能会再行过一次。

景致未如你以为的沿尼罗河走，它行过好长一段早晨阳光下柔和金色的沙漠岩丘，比较像《圣经》故事中麻疯病人的藏身处。着一身白服的人们仍然像上世纪末铁路刚通车时立在山丘头朝火车挥手，沿路不绝。好奇怪他们都未携任何农具器械，尤其有一段地势较平坦，右首窗外隐有河意，沃润的土地似沼泽，看不出是否是作物，怒长着看似很像甘蔗、高粱但应该不是的植物，是因为泛滥的肥饶使得他们不必多做其余农事？难怪他们会不可思议希腊人竟然得全靠天上的雨水灌溉，而不像他们年年只消等河水的必然泛滥得以灌溉，如果哪天宙斯不赏雨水，希腊人不就没啥指望了。

你的火车旅程至亚斯文便止，到老皇宫改成的旅馆途中，夹道全是夹竹桃，异于你家乡的夹竹桃，盛开着介于纯白和砂白之间比较像居民的白亚麻衣那样的白花。你以为当地的导游会安排你骑乘骆驼去底比斯，纯粹因为那三个字的名字为你带来的意象的缘故（怎能不靠骆驼，你甚至打算换装他们的衣着头巾、白麻布内衣，内衣衣缘垂在腿部的四周，这款内衣他们称为卡拉西里斯，内衣上罩着同样的羊毛外衣，唯毛织品是不能带入神殿或与人一同埋葬的)。

结果你搭乘螺旋桨飞机至底比斯，机上反常不教任何有关空难的逃生技巧，是因为窗下是难以察觉其移动的不变的上埃及沙漠区，及时穿上充足气的救生衣又有什么用！

我真希望在乞力马扎罗山顶坠机身亡。真希望那时就知道有这句话。

总之你必不可迟至次年的泛滥季节才抵河口三角洲，要知道当尼罗河水泛滥到地面上时，只有市镇们包括孟菲斯的金字塔才能浮露于大水之上，如同你不久前行经的爱琴海上的岛屿，差别是这些岛屿间的水域将没有月光下飞跃的海豚，全是你害怕的尼罗河鳄，底比斯以南的人们吃它，底比斯和孟菲斯的人们却把它看作圣兽，能够的话，一人养一只，训练它，使唤它，把熔化的石头（玻璃）或黄金耳环戴在它们耳朵上，脚环套在前足，喂食蜂蜜、蛋糕，死后制成木乃伊，埋到圣墓里去。

无论如何你毕竟到达底比斯了，活人住尼罗河东，死人住河西，日头当空几乎万物没有影子的时候，你们乘船渡河去拜访埋有历代列王包括年轻的图坦卡蒙棺椁的山谷。导游可能不满意小费，沿途九人巴随意走走停停，有时放你们烈日下曝晒半小时全无交代，同车的一对年迈德国夫妇因此非常害怕，彼此紧紧扶持，两人狩猎装式的及膝卡其裤下给日炙得粉红一双腿。

你美金一元一瓶的矿泉水就快喝光了，不禁十分观光客地怀念从北到南旅馆早餐供应的石榴汁，酸涩如仙楂洛神，但颜色美过红宝石，比葡萄汁或酒要像多了耶稣宝血，手帕拭过的痕迹再也洗不掉。

九人巴又暂停荒漠中某寻常民家，门庭前散置很多未完工的石雕和石材，车窗一拉开，有背负婴孩弟弟的大眼睛女孩仰脸凑上前来，你未加考虑地掏出两支原子笔给她，随即非常羞愧，为何会把她就当作是前来乞讨或兜售什么的小贩打发……临开车际，小女孩前来敲敲车窗，她的眼睛真长真大，描了浓黑的眼线眼影似的，酷似她数千年前一手权杖、一手打谷杖、额上一鹰一蛇的祖先图坦卡蒙。然则她匆匆塞给你什么，硬硬的，车开，你摊开手心，是一片樱花色花岗岩石材崩裂下来的碎片，她一定觉得它美丽非凡。

后来导游不知为何改了心意，放你们回岸东，并好言说他自己是某苏丹酋长，三代皆从事观光业，今年三十一岁，只有一个老婆，说着意味深长地故意看车上某年轻女客一眼。你们转又有点同情这名为了小费躁郁了整日的酋长导游，他长得确如一头纯血马般高大俊美，非常崇洋，以能指认出同行游客穿戴的名牌为乐事，他自己腰系一条皮尔·卡丹皮带，Ray-Ban 墨镜，手勾书本大的 BALLY 皮夹，全身散发着努力掩盖羊膻味儿的古龙水，其余你就辨识不出了。

你们配合他建议的搭乘马车返旅馆，一人缴五埃及镑，简直不知贵还便宜。非常干凉的晚风里，应该是很巨大的时间差都失掉意义了，你好奇着两千多年前与你曾同样行过风貌半点没改变过的此地此景（包括偏南的天空最明亮的狼星）、那位生于小亚细亚的希腊人，会是怎么样一种心情，动不动老说："自古以来直到我的时代也没有看过底比斯下过雨。""照我看，一万年的时间也就够了，因此我相信，在我出生前，一个海湾是可以被这样一条急流大河变成陆地的。""当我从祭司们那里听到这件事时，莫伊利斯国王死了还不到九百年。"……天知道莫伊利斯死了有快三千五百年了！

于是就算你不在泛滥季循河道南行，学会吃椰枣泥、纸莎草根，喝大麦酒佐生腌鹌鹑，你终将遇到人口众多的纳撒摩涅斯部族，他们捕捉蝗虫，将之曝晒、研碎，散到奶里饮用（不知好不好喝）。你也终将遇到从日出那方来的伊索匹亚（通译为埃塞俄比亚）人，他们有着全人类当中最富于羊毛性的头发，头戴自马身上剥制下来的整个前头部，马的耳朵和鬃毛尚留存，他们用马鬃来代替冠毛，并使马的耳朵硬挺挺地竖立着，他们都不用盾牌，而是用仙鹤皮当作一种防护武器，而河水上涨淹没两岸平原时，水中会大量生长罗托斯百合，几率极小的你应不致碰到西北方的食莲族罗托斯帕哥伊人，顾名思义他们唯一的食品就是莲子，不单吃它，还用它来酿酒，你切不可接受他们的饮宴招待，否则将如某则神话传说，你将会彻底遗忘忧烦，遗忘与你有关的一切，不用说，包括你的家乡，你的执念想能再见面的亲爱的人。

你没计算或记忆错的话（例如衣缕打了几个结或口袋里藏了多少颗兽齿），那都应该是第四或第五年了，你没有剪理的及背长发在某个秋天开始窜出几绺初以为是反光的亮白发（怎么能不有白发），你向阿蒙神祈祷，你不住三角洲，又不讲埃及语，希望神能允许你吃随便什么东西，因为都是羊肉，没牛肉可吃。

你到老市集去，只买了一颗垒球大小的石榴，因为从头到尾都被各式兜售者团团包围着，没能一摊一摊仔细浏览。你决定要抽身离去时，被一只凑在你鼻尖的银镯给吸引住，镯是纯银或镀银，总之它暗暗放着古老的微黄泽辉，镯头是羊头，曲角的绵羊，底比斯的宙斯像便就是有着公羊头的。你议了价，成交，沉甸甸地放在裤口袋里，信物似的一种感觉。

你揣着信物，净了身，去夜晚的卡纳克神庙。

行过夹道数十尊羊头狮身卧像的大道，绕行进出几座门楼，神庙最壮观的圆柱殿已从好些个角度打足了夜灯，灯光自地面仰射至柱身柱底天空，一百多尊直径三公尺半的列柱，便单单纯纯莲梗或莎草茎一样向天空生长上去，这样是为了怀想创世神造世界时的原始沼泽吧，你们当然是其下的蜉蝣类了。

风从很凉的地方吹过来，你坐在露席上，很快就适应夜色，地平线与天交接处非常明亮，清晰细致地映出剪纸般的几株椰枣。你都不专心聆听莎剧腔调的男低音正缓缓讲述历代列王的历史传说，你一直被很远很远比天边椰枣还要远处传来的犬吠声所吸引，那犬吠得跟你家乡一模一样好奇怪，可以想象它旁边一定有一家子人，几千年来都有着那么不绝种的一家人，几千年来几千只狗都那么每夜吠叫着。你完全了解，再没有一刻感觉时空的界限阻拦失去意义，例如了不起的哈齐普苏特女王也一定在同样一个夜里听过一模一样的犬吠，她一定同样也感叹着“自古以来”或“到我这时代”……好像她不可能会死掉，因此当然也不会有以后。

你们都多虑了。

昔日的富人宴席上，进餐完毕之后，便会有人带上一副模型，模型是一具涂得和刻得跟原物十分相似的棺木和尸首，大约半公尺至一公尺长，他把此物呈给赴宴的每一个人看，说：“饮酒作乐吧，不然就请看看这个，你死了的时候就是这个样子啊！”

然而要如何让怎么好像愈走距离愈远的家乡亲人也能同样感受：饮酒作乐吧，因为我们死了的时候，无非就是这个样子啊!

也许你终必成功穿越日出方向的采石场废墟，其中你会遭到伊索匹亚的穴居者，他们比所听过的任何人都要跑得快，他们以蛇、蜥蜴和类此的爬虫动物为食，他们的语言和世界上任何语系都不同，就像是蝙蝠的叫声。

你到达红海畔，奇怪怎么会选择到这罕有人迹处等待过海，可能原先直觉以为过了海，那块缺乏人类文字记述和传奇故事的沙漠半岛好像因此易渡得多，届时你必不会被任何文字所吸引、所拦阻。

你必要在天狼星与日偕升的那一天前渡海，那一天，尼罗河开始泛滥，人们把天狼星尊为伊西斯女神，以为女神又开始流泪了。

海不难渡，数千年前的人为你探过路，是埃及的国王尼科，他派擅航海的腓尼基人乘船出发，命令他们在回航时得经过应该是直布罗陀海峡的海克力斯柱，最后再从多岛海回埃及。于是腓尼基人便从红海出发往南海航去，秋天来的时候，不管他们航行到哪儿都要上岸并在该处播种，他们且得待在那里直到收割了谷物再继续上路。第三年时，他们绕过了海克力斯柱回到埃及。据他们说，在绕行非洲时，太阳是在他们的右手边，有人信了他们的说法。

他们是走到南半球去了。

请记住，你必要叫太阳永远从你前方升起，右手边则会吹来永恒的印度洋温暖潮湿内藏丁香肉桂气息的海风。你得一直往东去，因为你已经身陷于一个地图画乱了的时空，他们全都相信地球平如一方台，尽管他们大多将世界画得像圆规画成的那样圆，四周环绕着俄刻阿诺斯的水流，而且天晓得他们竟把亚细亚和欧罗巴画成一样大小！

对此同样极度不满的人便提出质疑：我就从来不知道有一条叫俄刻阿诺斯的河流，我想那是荷马或者更古老的某位诗人发明了这名字，并把它用到自己的诗作里面来的。

你真懊悔对渡海东行之后的行程地理常识不足，简直不会比他们画出更佳的地图，你只得接受前述的质疑者在两千多年前努力订正后的地图及其解说，例如他认为“尼罗河的泛滥是肇因于它上游的融雪”，这说法是极为荒诞无稽的，因为“自古以来”从那儿吹来的全是热风，二来当地居民的肤色如此之黑正可证明太阳的热力；所以为什么河水会在夏天时上涨，因为在冬季的时候，太阳被暴风吹离了它原来的轨道而移转到南方了，关键在此：凡是离日神最近的地方，或日神直接通过的地方，那里的河水便也最少。

你接受他的地图，接受他对这世界的描述：荷马或其他诗人不负责任发明出来的俄刻阿诺斯河周流于全世界，日没那方好大一片是野兽出没区，南方没有雨雪的更大区域是逃走者和侏儒区和长寿的伊索匹亚人……

至于你最亟知道的日出处是空白一片，连荒诞或幻想的文字也缺乏，你回不去了，你终将等候凝立成石成盐柱，早晚遭风吹杪，因为数千年前书写在纸莎草纸或陶片上的诗歌早已经记载清楚你的命运：

死亡今天就在我面前，
像没药的香味，
像微风天坐在风帆下。

死亡今天就在我面前，
像荷花的芬芳，
像酒醉后坐在河岸上。

死亡今天就在我面前，
像雨过后的晴天，
像人发现他所忽视的东西。

死亡今天就在我面前，
像人被囚禁多年，
期待着探望他的亲人。
……

一九九七年十二月《幼狮文艺》

梦一途

很长一段时间，

你简直想大声宣称，

全世界你最喜欢因此也最想做的，

就是每晚躺上床、拉上被子闭上眼的那一刻。

总对自己说，

如果死就是这样，

如果有一天可以选择，

你像踩进放满水的浴缸一样踩进棺材里,

自己掖好被子,

呼口气,

可以睡上一场好觉,

那滋味,

可真不坏哩。

11

小说家开始写梦，一定是江郎才尽、日暮途穷之时。

你一直这么相信。

……

有一种夜晚，大陆暗暗漂移，银河就要满溢过河床，你睡得过热了，紧咬牙关，一脚撩去盖物，欲寻探清凉地。

灵魂先你一步寻到清凉地，是你喜欢的新家之一，连栋透天厝的边间，光线因此生猛大好。你们甚至非常兴奋，因为屋旁的空地被你们擅自圈成并遍植绿树和花草（梦中与你现处的岛屿一样从未有所谓法律，没有占用防火巷道的问题），你们分配着房间，总是特意把最雅致私密的一间给未婚的姊姊……其实何需如此，那房子时而一层平房乡间别墅式的极为敞亮，有时忽而走动中就变作楼中楼，因此生出许多复杂巧妙的空间。总之，够住极了，你心满意足地眺望后院，是一片到天际的金灿灿的向日葵花田（也有去过普罗旺斯后，开始出现灰紫色蒙蒙的薰衣草田），有几次，是连绵数座长满若草的丰润缓丘，丘与丘间好大一座湖中住着一头尼斯湖水怪，你们再三叮嘱负责每日上山喂食水怪的父亲，切不可被邻人发现以免他们电话告状环保局来捕抓。

也有后院状况不如人意时，很写实地植着一二株营养不良的桃花，其下乱种着遭虫害的瘦弱小白菜和油菜，远处则是不肖子孙们置之不理的乱葬山岗，你们发愁地与邻人暗中争地，把做界碑的朱槿们挪挪移移，假做供茑萝攀爬的立杆偷偷移个一寸两寸仿照昔年领导人对待两岸疆界。

从这样的梦中醒来，口干舌燥，沮丧莫名，不管你起不起身，你都见得到周遭邻人的违建也好、乱葬岗上现下比墓碑大数十倍的大楼灯火比什么星星月亮路灯都要亮的落在枕头上、墙上，墙上的钟面，闪出剑光。

你觉得你被一种巨大难喻的力量给抛到这世界上、这床上，真实的、生动的，刚刚发生的，甚且床垫还微微余震着。

枕畔的人，没死也没醒，细缓难察的沉酣声，陌生人。

一定是你从无耐心听人说梦、看人写梦，以致失去向自己、向别人说梦的权利和习惯，更仿佛，随身养了一头食梦貘，总在太阳逐渐恢复温暖之际，吃光你所有的梦。那中夜起身的种种迷茫惶惑，显得非常遥远，于是你能放心过活。

直到有一年，你们周遭邻人同时得了瘟疫似的一齐抢盖违建，为互争停车位大吵大打出手，住了有二十几年的藏身之地环境大坏，你与父亲开始有迁新居的打算，你们在众多贴着“移民贱卖”红条的空屋出入，终于共同看上一间有前后院包围的七楼电梯公寓的底楼。你们盘桓空屋不去，满意极了，异口同声地把临有花棚鱼池的后院独立房间分配给未婚的姊姊，把有卫浴的主人套房给中夜必须起床上厕所的老父老母，把……你遭雷击毙应不上话来，极力留住那不会比烟驻留更久的太熟悉的空间（充满阳光、绿意的边间大窗）、太熟悉的分配房间工作，泄露了你做了怕有十年以上的梦，或该说，在那些梦境中，像个频频中途告退离席的人，这会儿你总算可以接续完成未竟之事。

毕竟你们不愿也不能付出足供移民的房主在马里布买一栋别墅的房钱，决定暂时继续落脚老屋，所有邻居们一场混战后正处于恐怖平衡的宁静之中，例如这家车停在那家门口，换取不告发那家的违建和没有挂狗牌的好几只流浪狗……等等。

于是你开始频频造访新家，梦中的新家，或许该说，你才开始正视梦与梦中新家这回事。每次都在你很满意那新屋并着手分配时醒来或终止，从来没有真正正式搬进去住过。

久了，新屋其实不止一栋，也间杂出现一栋位于海滨沙滩岗丘上的小木屋，总是一群游客经过，以为是海水浴场的更衣屋，想进去换泳衣，才发现挂着的门牌上写着你们的名字。小木屋立时长得很大，正面是山形处理，四边墙都有出挑很远的斜屋顶，其中三面都是简单的斜顶，墙面开窗，底层是格状小窗，第二层皆是大窗，可以饱看日落，是你非常满意的一家，虽然从来没有进去过，但梦并不因此做完。它逆着光巍巍然立在沙丘上，因此你和游伴缓沙坡走得非常吃力，行经它后，眼下便是通往海洋的沙滩，有时大涨潮，浪涛澎湃，你们赤足踩在浅滩里，少年时的游伴们开心地互望着傻笑。

你逐渐发现，梦里惯常出现的不只是那几栋你满意却老搬不进去的新家，还有几条主街、超市、电影院、机场、学校、河湾……该说，比较像一个正在规划但毫无效率的新市镇，地整好了，路也开妥了，但处处一片空白闲置。例如学校都只有小学，小学竟然还是日据时代留下、充满鬼故事和米粮粪味的沟式蹲厕（但这厕所曾适时成功地阻止过你好几次差点儿尿床），学校且未有教室，游乐设施只有高中低三架单杠，其上总是挂满了小孩。你站在沙坑外，焦急地排队等玩，玩的人却老反复玩一种互相以手脚紧紧层层吊挂的游戏，直到负荷不了齐齐松手摔跌入沙坑，边发出调皮淫秽的笑声，称这游戏叫“螃蟹夹卵巴”，其中大笑的有一名是早已死了的同学，总是，总是，梦醒时才发现他死了有快三十年了。

梦里，他从不长大。

第一次，你学会这一样，死去的人，梦里不会再长大和变老。

新市镇的那道河湾你非常喜欢，但它总难如人意地常常出现，而且它老是改道，有时出现在新家后院的向日葵花田或薰衣草花田的尽头，有次甚至与有尼斯湖水怪的那丘间湖汇成一气，也有次隔着它远远就是机场；它通常水色澄绿，小麦草汁的绿，却不是优氧化长满绿藻的死水那种绿，水中能见度清楚得很，因为你在其中游泳。从没学会游泳的你，发现自己可以水族似的完全不虞换气闭息什么的。你快乐极了，练习各种泳式，海豚的游法、章鱼的游法、贝壳的游法，乃至机械的游法好比一艘全速前进静默的船舰，梦境戛然而止，总是这样，在你变作机械时。

河湾的四周也如同水色一样秘绿，尤其有株巨大的杨柳覆荫其上，枝条不时在水面刮出涟漪，你从水底仰望，水纹一圈圈地晃荡着，简直疑惑那才是河床底的涡流。你为这浮升的疑惑感到恐惧，醒来后，以为它是带着警告的预兆，因为那不久你必须去赴一场短日的会议访问，日程表中有一项是清晨游湖，那湖，之前两三年才因游船超载翻覆又且救生设备不足而一口气淹死六十多人。

濒死挣扎的人，会不会就是分不出河面河底的溺在那秘绿里？会不会那戛然而止的结局是向你预告你在这个人世的终点？

若真是那样，滋味并不可怕。

滋味并不可怕。很长一段时间，你简直想大声宣称，全世界你最喜欢因此也最想做的，就是每晚躺上床、拉上被子闭上眼的那一刻。总对自己说，如果死就是这样，如果有一天可以选择，你像踩进放满水的浴缸一样踩进棺材里，自己掖好被子，呼口气，可以睡上一场好觉，那滋味，可真不坏哩。

游湖之旅，你边笑语晏晏与同游之人社交寒暄，边不忘紧贴着系有救生圈的船那侧，湖水不如河湾那般绿，湖岸处处滥垦并无任何丰润湮绿，船前进破水的速度也全不对，你竟全身而返。

那预警失灵的河湾，自此负气地不再在新市镇出现。

期待它出现的时日，你时常在超市里流连，极其理智清明地站在货架前仔细地比较十几种品牌的蜂蜜，梦里心算仍然不佳地计算着它的容量、价格以及是否产自有公害污染的国家……种种，让你难以抉择，于是老是完成不了购物任务，老是无法结账，无法走出门，然后镜头曝白般地无法跳接到那个应该就在附近不远的河湾。

——天啊它是马克史班赛百货超市吗？那家只要是大英国协国家或曾被她殖民占领等渊符源的国家都可见到的连锁店，你只要站在那商品及陈列方式一模一样的货架间，往往就失了现实感地忘记自己此际在哪里，包括在那个前往南极的船只必须运补的海港城镇——

新市镇不尽如人意处还不少，比方说机场，班机时间老是严重提早或延误，你总在赶，有时在远方的高速公路上就眼睁睁看你欲搭乘的班机正起飞，要不地勤海关作业也非常差，无故刁难你到没有逛免税店的时间。更令人不满的，不分哪家航空公司的老是空难，你总站在驾驶先生的背后，饱见他们奇差无比的飞航技术，老是拉不起机身，轻易被横亘眼前的晒衣绳电线什么的照面绊个大跟头，又常常飞进城市高楼丛间，忽上下忽左右地闪躲市招看板，在你天啊天啊声中正面撞上某大楼顶显示气温和时间的电子看板，因此失去了许多燃料和分数。

新市镇的主街，最是叫你从梦中醒来时惆怅难言。你熟门熟路地穿梭其间，比什么你居住过去过的地方都要熟悉真实，几次醒来你不管手边马上要做的事（接一通扰人的神经病电话、上厕所或赶送小孩上学），紧紧抓住梦尾巴细细品索，断定可能是西门町一带，也有一截呈丁字形岔口的或许是念大学时常出没游荡之处……但天啊你明明讨厌透了那几处地方，杂乱但单调，老旧却无任何供人回忆怀念的旧事旧物。

你哪愿意最常出现的主街被这样篡夺，你决定做一些整肃，如果可以的话。

如果可以的话，你妄想以几条你钟爱的街道取代它，比如说，中山北路，大阪雨中的御堂筋，巴黎河左岸星期日傍晚鲜有路人的圣杰曼大道，维也纳荫覆着哈布斯堡王朝末代植的百年栗树的环城大道，伊斯坦布尔蓝色回教寺前植满也是毛栗树吗的大路，还有乌比诺——拉斐尔的故乡，乌比诺临悬崖建的沿城墙小道（费里尼说的众多他喜爱的事物之一：发现自己在星期天的乌比诺）……

但你暗暗忧烦它可能会像你最懊恼的一次旅行：你在小城住了两晚，白日的游荡从没办法好好从头到尾走完一回面对方场、火车站并显然是小城唯一的一条主街。你走走就被垂直交叉的左右横巷吸引而去，有临时的花果市集，放学途中的中学少女们，令人戒备的朋克少年，小城的交通枢纽——一个公车总站似的大广场，环伺着高大美丽的法国梧桐、平枫……一定是外来游客从不来真正小城生活的这里，你在下班放学等车的众目睽视之下无法再仰脸痴看那些参天大树，赶快退离，胡乱转入一条充满玫瑰花藤爬满人家的小巷……你总是在地时无暇翻阅任何资料指南，你过分信赖当下自己裸眼所见，以致旅程结束未久就发现小城的主街尽头有一家意大利最古老的大学，但丁便是在彼求学，学校附近有家百年历史、大剧院般的咖啡馆 Pedrocchi，天啊你甚至连旅游书上唯一指定的圣安东尼教堂都没走到，再次印证 Main street is always right，主街走完是绝对不会错失掉不可错失的，你老不受教训，总是总是，总是轻易被任何一条无名小巷给吸引而去，比梦境中游荡得都凶。

梦中的主街循例没有起点和尽头，常常没头没脑衔接到并非那河湾的河道，河道码头泊着一艘升火待发开往异国的船。你难决定透了，深知航程遥远艰辛，一种走北方横越古老陆块的世界第一长河河路，一种是下行走印度洋，行过赤道海域、马达加斯加岛，绕过黑海，才到总是你目的地的西班牙、希腊——梦中的航海地图非常固执地如此坚持着，印度洋、黑海、伊比利安半岛（世界的尽头），比较接近新航路发现前阿拉伯人手绘的世界地图。你好像上过两三趟船，都走下行海路，但大多时候你是伫立码头，挥手告别随船远去也在甲板上向你挥手的少年友伴，你择河右岸走，这是一条你再三向人强力推荐的散策径，道旁的连绵丘陵长满了丝柏树，梦中并无四季，树在阴天大风里翻飞着，路径尽头的山上有一所名刹，你去过太多次，便在路边等候上山拜寺的同游友人，边体贴周到地预购待会儿下山的缆车票，售票机的票价图上清楚写着你们欲返回之地：京阪三条。恍然大悟，原来你们在比叡山上，那么名刹就是一千两百年前最澄所建的延历寺！你不失理性地以为真真侥幸极了，不过做了个梦，省去了好几张机票钱。

一切的一切，如果可以的话，你会为你的梦中市镇、梦中地图多添置一些美好的物事。你夜游桂川，河上一竿燎火中看渔人以鱼鹰们捕鱼，盛夏夜晚，被岚山狭谷遮剩的中天当央一轮圆月，太阳似的晒人，然而河水和空气同等冰凉，明明是《赤壁赋》里的情景；你且在同样盛夏的正中午天啊又偏离主街，沿越台伯河区那岸的主街夹道长满巨大绿扇子的法国梧桐，你又忍不住下至水边，想摸摸那充满历史和神话的河水，水边处处是狗屎和结满青果的无花果树丛，堤岸壁上喷满涂鸦，溢于图表的你真想知道那强烈的色彩和字迹说的什么。然而你为了横渡对岸，误入岛中医院，如何都找不到出口，院中四处是安静病弱的病患和忧伤的家属，反常不说话的意大利人如同眼前上演一部无声的电影。你梦游般地穿梭其中，半点不急，一度闯到有一男一女医护人员正在抽烟吃三明治的偏门，当门好一株艳红繁花的夹竹桃，你毕竟没能走回对岸，因为建于公元前六十二年的法布里奇奥桥正在大肆整修中；你择数个夜晚以游船、步行、乘车看塞纳河，连接河中二岛的圣路易桥口的那株杨柳与梦中河湾畔的惊人地像，西堤岛尖端正对着法兰西学院，若不是被一对缠绵的恋人盘踞良久，你打算在那儿坐一整夜的。某晚你乘六号地铁车过河上，不远处的铁塔拦腰亮着一组三位数字，说明着下一个世纪来到前太阳还会升起的次数，通体亮满灯的铁塔和数字浮在半空中，以车行的速度远去……

也曾经在亚维农城墙上各国旅人都在拍照城外断桥时，你远眺河对岸至天际的并不丰润的地貌，想象世纪初一身黑衣、打把黑伞在各个林中村落找寻神圣粪金龟和放蜂的昆虫学家法布尔。也有一名友人不思此途，她追索的是梵高的踪迹，她在梵高晚年（三十几岁？）寄寓并老付不出宿费、而今成为热门观光点的旅店盘桓良久（应该是 Auberge Ravoux 餐厅吧），侍者问她可要点什么吃的，你的友人想及老是三餐不继、抓顶破帽就在附近麦田里画上一整天的梵高，摇摇头，泛着泪光，不愿意也不能吃任何东西。为此，你总把这友人放在心底某个鲜少开关的位置上。

种种，你有意无意努力经营着你的梦中市镇，无非抱持着一种推测：有一天，当它愈来愈清晰，清晰过你现存的世界，那或将是你必须——换个心态或该说——是你可以离开并前往的时刻了。

自然你很快地就陷入一个两难的困境中，上一刻刚刚为新市镇里的一项改善而雀跃，马上你更与自己讷讷争辩，你并没打算这么快就离开这世界；但某一刻的危险或一时病弱令你不得不想到死亡，不成不成，梦中的市镇待改良处所在多有，例如那老进不去、定不了型的家屋，和咖啡馆。

一切莫非是你在杞人忧天？也许每日加强一颗维他命B群就足以解决？不然一颗据称效力十足的百忧解或美拉杜宁，让你沉酣至无梦可解之境。

至人无梦。

但某位你以为的至人就说过：到了老年（或日将近人生终点），人开始让记忆展现在灵魂的眼睛之前，在沉思于过去的内在和外在形象之中辨认自己，这就像是对来世存在的准备工作，正如柏拉图以为的，哲学是对死亡的准备一样。

是了，柏拉图以哲学为死亡做准备，你的准备方式比较像个营业前的餐厅服务生，为那即将忙碌的一日预做准备，抹抹桌椅和盆栽琴叶榕好大的叶片，再次确定餐包和奶油球的数量，拢拢齐菜单，到厕所偷抽最后一口烟……你勤于找寻一种咖啡馆，输入电脑般的输入你的潜意识区，生怕梦中的咖啡馆遭少年时代美军遗风的钢琴酒吧所窃据，或日式蜜蜂咖啡，或更可怖的业主以为是路易王朝风格的泥金雕花织锦沙发椅、布满灰尘的水晶吊灯、所有欧洲皇宫大小博物馆陈列室中必然罗列的描金花的东方瓷杯盘……

于是你坐在面对圣马可广场、壁漆斑驳的佛洛尼央（Caffè Florian）廊下，正是小型乐团演奏时间，奏的尽是你少年时就已觉得老透了的圆舞曲，佐以从亚得里亚海吹来的清凉晚风，但觉甜蜜、悠扬、邈远极了——我在圣马可广场，看到天使飞翔的特技、摩尔人跳舞，但没有你，亲爱的，我孤独难耐。广场边的摩尔人钟塔正整修中，立面从地到顶以冰绿色调的围篱板给遮挡住，上绘以乍看与原貌无二的图样，咖啡馆阿玛尼男模特儿模样的侍者以简单的日语向你攀谈；数日后你转至罗马的共和广场廊下，阴凉得令人想好睡一场，这里的咖啡要便宜多了，一杯espresso不到两千里拉，但邻座全是露胸短裤晒出一身雀斑汗臭的美国大男生大女生，全喝可乐，一个长得美极了一身花布衣裙的吉卜赛小女孩前来向你伸手喃喃讨钱。你翻找背包里的钱包，便冒出一名原先大概正在阅报的邻座西装男子打断你，做了个抢钱包的动作警告你："吉卜赛人！"指指不远处与小女孩同样美丽的母亲和姊姊。此处原是《罗马假期》奥黛丽·赫本与格利高里·派克喝咖啡吸烟的地方，你仿佛是，公司里那些真跑到井之头公园和彩虹大桥、以为自己是常盘贵子的小女生，苦等丰川悦司不来；毕竟你也寻到西班牙阶梯正对面康多提道上的希腊咖啡馆，位在 PRADA 的隔壁。你一进一进地寻入最里间，闯入了某大户人家的书房似的，书房里七八张大小不等的桌子全坐满了日本人，张张桌面摊着日文版的 DK 旅游书，九千里拉一杯的卡布奇诺不要钱般的点了又点，他们且又人一多就很喧嚷，异于平日的拘谨胆怯，起起坐坐频上洗手间，人手或背或夹一个路易威登的字母包，制服般的全穿芬迪也是字母图案的马球衫。

也许你其实在找寻一家消逝中的咖啡馆吧……墨黑铁脚的木头椅、单纯的大理石桌、记不得样式材质的地板，服务人员总用一个泛银器光的金属托盘送上你点的哪怕只是一杯咖啡、一杯水。你总在生意清冷的店中发发呆，看看报，继续在脑中写着给某位年少时的友人而从未真正拿笔写成寄出的一封信。

咖啡馆数年后改装，放着近乎噪音的日本当红偶像拉直嗓子千篇一律的歌声，老叫人以为自己置身在东京某家窄小的拉面店里，你一直相信那家生意极好的博多口味的拉面店是故意无时无刻不放得惊天价响的同样歌声，让你就算用喊的也无法与隔座的人交谈，只得专心快快吃完走人让出空座来，毕竟店门外老等着一列不长不短的队伍。

非不得已，你鲜少再去那家拉面店也似的咖啡馆，像是遭逢一场突发的战乱，你把一段而今显得弥足珍贵的太平岁月和几名年少时的好友给匆忙丢在那儿，顾自仓皇逃命，它们给凝冻住在某四次元中，喊破喉咙也分毫穿透不得偶像歌手的吵嚷白痴声。你视线无由与它们交会，你只能在另外的时空中再见到他们，入梦来。

这样吧，入梦来，所有死去的、没死的亲人和友伴。你将仿效理查德·麦尔在密西根湖畔设计建构的道格拉斯住宅，与之一样坐落在浓绿繁盛林中的峭壁上，整栋建筑物以白墙与透空的玻璃墙为主体，从秘绿的湖面望去，就像一艘缓缓航行中的邮轮，甲板味道的屋顶平台，码头船坞般的玄关步道，大量漆白的金属栏杆是船栏，挑出悬空的镂铁楼梯仿佛船舷……暮色带来蓝色，宝蓝的天空湖面的光影，你惬意地隔着整爿玻璃墙望穿湖景，不担心像住在菲力普·强生的玻璃屋里那般如同被观察或赏玩中的动物，而且绝对不敢自在地挖鼻孔。

但若梦中悍然不去的非得是那栋沙丘上有夹层的木屋，你将顺势盗用前不久才死去的凡杜利建在West chester郡中的林中木屋，屋正面的山形墙有一巨大圆窗，供二楼与阁楼共用。三面屋墙都装设了大型窗户，窗户都覆以凡杜利偏好的威尼斯式百叶帘，第四面墙紧贴楼梯，以一个巨大的壁炉为其重心……未婚的姊姊，可以住在阁楼，时凭圆窗远眺雪后枯凋的冬日林相——不不不，那里不会有冰雪的冬日，不会有明媚的春天，不会有夜莺啼唱的夏夜，不会有萧索的秋日，应该说，是一种接近永恒之境吧。

尽管有人不追求永恒的，例如至人就说过，只要每一想到坐在一团云堆上弹竖琴弹上个一万年，就觉得头皮发麻。

你也哪里想坐在一团云堆上弹竖琴弹它个一万年，你但愿，黑海不要那样冷峻，印度洋别如此庞大难渡，周流几近整个地表，你但愿，死去的父亲，坐在顶楼甲板的帆布椅上悠然抽烟，要不在林中木屋的壁炉前就着火光看书。你呢，老样子推门进入主街的某空白之处——原来是差堪比拟的维也纳的博物馆咖啡馆，面容严肃的中年男侍者以泛着银光的金属托盘送上一杯凉水、一杯你点的 melange 咖啡，咖啡匙上一块方糖，裹糖的蜡纸上印着苹果绿的字“Café Museum”，明净的大理石桌，原设计者分离派大将 Adolf Loos 当年设计的椅子早被搜购光，眼下的铁脚木椅倒也合你意……

你坐定其中，未被环绕四壁各种奇特风格的画和海报所吸引或干扰，你专注于继续脑中从未写竟给年少时友人的一封信……现实逐渐冷却流失，梦境渐次沉淀清晰，你不能再做任何事情包括仅仅只是喝完咖啡起身离去，因为你再也无法分辨出梦境与梦境、梦境与清醒之际这件再简单不过的事了。

一九九九年四月《联合文学》一七四期

出航

首次，

并未察觉的，

你和各色人种同舟

在纽西兰的某萤火虫洞内，

那地下天然形成的水流半点水波不兴

并且深浅未知，

游人合作地屏息静默，

任冥河老船夫奇戎渡你们，

一进一进至洞深处，

未久，便出现繁星，

因为是不会飞的品种的萤火虫，

它们真的恒星一样

布满黑得没有景深了的洞壁放着冷光，

你心底半点没预告地冒出一句：

“原来是这里……”

你的幸福时刻都过去了，而欢乐不会在一生里出现两次，唯独玫瑰一年可以盛放两度。于是，你将不再跟时间游戏，并将无视于那葡萄藤与没药，你将身上披着尸布活在世上，就像麦加的那些回教徒。

——爱伦·坡《莫雷拉》

一共你就只看过两次临终的人。

正如同一位中年得子的好友倍感新奇地向你报告他儿子的成长进度，不到五足月的小 baby，可以迅捷准确地一把扯掉因逗弄他而覆盖在他脸上的手帕，证明他的生命力之欣欣旺盛——躺着的临终的人，也可以同样迅捷准确地搔脸上的痒（同样给你生命力欣欣旺盛之感），以致尽管医生已做了病危的宣判，你都未有警觉地不及告别，并问他们打算前往哪里，你最想知道的事。

最平凡、合理的想象，像搭乘木栅捷运穿越福州公墓山腹的隧道吧。

隧道里，乘客都自动停止交谈，小声呼吸，微微觉得耳鸣，黯夜般的隧道内，车厢窗玻璃变成了镜子，你们的身影幢幢落在四壁镜里，没有窗外的景物做定点标识，很容易失去速度感，于是你们像飘浮在大气中，更像摆荡往冥府的渡船，也偶有对面来车，无人驾驶灯火通明的车体错身无声而去，赶黎明前去投胎转世，你目送它远去，往往说不上羡慕、或其实想劝阻。

想劝阻？

想劝阻它们前往你刚离开之地，是因为你猜想所即将前往的时空比较有趣吧，不然才离去的亲人为何半点不用理会你在他耳畔不论言不由衷地劝慰他安心上路的祝福话语、或躲到厕所里的痛哭；他甚至立时不再对自己的肉体有任何兴趣，不管那肉体仍执拗卖命地发着较平日还要炽热的热——医学上说，那叫“死后发热”，死后的身体，细胞仍在不断进行分裂、新陈代谢、交换氧气和蛋白质，执行习以为常的工作，但此时已没有体能消耗的管道如呼吸、发汗、哭泣、排气……于是这些细胞们运作的结果便是过热——

你便十分吃惊，甚至感动着那热，那手心的热，那脸颊、那胸口的热，因此拖延着、应付着住院医师开出的心电图死亡证明，以及护士频频前来催促的赶紧更衣以免待会儿僵硬了会很不方便。你害怕这整个只是一场误会，他还会醒来，而你们竟将他活埋或置之太平间冷冻去了。

扶起更衣时，他的头，像被斩断似的重重垂在胸前，你看在眼里，知道他才不管你们的已上路了。

会在哪儿呢？……

你无可避免地以你所处的时空想象，想象他正以某种候鸟翱翔的速度、展翼于黑水洋之上，例如，三月十四日午时离开海岛，三月十五日早晨，从近温州不远的罗源湾外海东飞，十九日，略事盘桓于江苏盐城自然保护区附近，三十一日，抵达韩朝交界处，也就是朝鲜海州……这线航程，是中华野鸟学会以卫星发报器追踪得来某只黑面琵鹭的北返路线图，与你好些年来隐约的想象不谋而合。

好些年前，你与三五同学死党请碟仙，意外请来刚逝去不久的民族伟人。你们只够参加大学联考的近代史知识不足向伟人提出例如求证某历史悬案等等，你们只好问伟人，他此刻此际在哪里？伟人毫不迟疑地直指纸上的“东海”，此二字混在一堆大学校名间，以备有那不读书却专好问过往神明自己将来可能考上什么大学的。

你们不解伟人此际此刻在那大约第五六个志愿的私立东海大学做什么，就再追问，伟人以碟刷刷作响地在纸上不耐烦来回指着东海二字，仿佛手指直接圈点指示似的，于是你们之中有人恍然大悟指出此东海可能是大陆地区的东海，或依稀记得伟人故乡省份也有一同名县镇……

离开肉体（哪怕是伟人的）好几日的灵魂，原来在东海，东海镇（县？），背负卫星发报器，右脚系有号码牌，左脚则是色环以供辨识，未遭滥杀猎捕，飞抵繁殖地朝鲜海州，做该做的事，以待来年……

但这是一条必经之路，或竟是可以选择的？因为也有人（荣格）有机会并愿意将其濒死临终的片刻做过迥然不同的描述：我似乎是在高空中，在远远的下面，我看见地球沐浴在灿烂的蓝色光辉中，我还望见深蓝色的海水和一块块大陆，脚下远远的地方是锡兰，远方是印度大陆。我的视野不能包容整个地球，但轮廓明晰可见，穿透蓝光的边缘闪着银光，在许多地方，地球是彩色的，或者带点深绿色，像氧化了的银器。左方远处有一大片荒野，是黄中透红的阿拉伯沙漠，银色的大地上似乎笼罩着微红的金色，然后是红海，而在后面很远的地方，我可以看到地中海的一角，我也能看见覆满大雪的喜马拉雅山，那儿云雾迷蒙，我只知道自己正飞离地球。后来，我发现在大约一千英里的高度才能有这么宽广的视野！……

为何便有如此大的差距，包括飞行的方式、速度、视野、以及暂时的落脚处（海州、东海、离地球一千英里的高空）……看不到宗教的痕迹（庇佑或惩罚），看不到爱别离苦，甚至未见任何挣扎打斗（黑白无常、夜叉、或南风风暴季节荒野猎人和绿帽人带着狼群出草打猎）……难不成这一切皆有赖圣米伽的庇佑、击败临终时必定会出现的恶鬼，因此你真羡慕有宗教信仰的人，羡慕他们上路时的泰然（而非羡慕他们有明确的去处），因为你害怕临终恶鬼，你害怕爱别离苦，你害怕果真如你一直深深相信的阿兹特克某某所吟唱的：*不是真的，不是真的，我们来此居住，我们只是来睡觉，只是来做梦*。

你还害怕上路起程时三心二意，心绪紊乱地不慎变作下一段航程中你半点不想变作的，因为百多年前的印度教智者罗摩克里希纳大师说过："人在死后即变成他在临死之时心中所想的东西。"例如跋罗陀王，在死时就因为想着他的鹿，结果来世就变成了鹿。

但如何能苦其心志、劳其筋骨，淬炼自己不变作鹿，不变作无主的狗，不变作有太多天敌的小型哺乳类动物，以及不会思考的虫、某国的人，甚至违背与亲人的誓言，不变作亲人的亲人……因为那样的时空里，一定有异于这世的喜怒哀乐七情六欲吧，最起码，一定比现下的你们要冰冷寂静，不然为何他们再不与你们通声息，再不为你们的思念悲恸所动。

但大师在意的似乎与你不同，他殷殷叮嘱：所以一个人一定要等待，才能识得神，一个人若是日夜想着神，他在死时，也就会有同一种想法了。

大师明确地暗示并诱惑，你都不为所动，天知道那重要的一刻你会照办才有鬼。你才不可能像先知穆罕默德那样乖乖任大天使加百列亲自引领从麦加飞到耶路撒冷，再从此圣城直升天界，穿过七重天之后来到阿拉座前，由加百列亲授可兰天启；你也不会等待大半年到万圣节那日正式享有庄严的长眠例如安息主怀（所以不是时间长短的问题）；你不愿意像凯尔特人那样等待一瞬或千年，以进入另一个躯体里，展开下一程的人生，更明确的描述，就如同六世纪的威尔士吟游诗人所唱的：

我曾历经许多形貌，方才得一合意形体，
无一物我未曾进驻其内，
我曾和我主同在至高之天，
眼看路西佛堕落至地狱深渊，

我曾为旌旗，在亚历山大大帝之前领路，

我是奇迹，不知来处，

我曾身在亚洲，与诺亚同在方舟之上，

我曾亲见索多玛和蛾摩拉被毁，

我将永存于人世之上，直到末日到来，

……

因为死亡像正午太阳一样，无法直视；因为临终的人（其中之一）焚烧着双眼，比你对现世还多意见，他迅捷准确地戴上氧气鼻吸管，熟练地调至适当的浓度，以便有力气起身在左近五斗柜抽屉找来一叠尚未寄出的信件，一件件够清楚地交代你这寄给某单位那寄给某某人（包括“总统大人”），你们像一对赶班机就要起飞前的老板与秘书，老板且交代你，抓着你握着信件的手，要你万不要像他这一生那么样只因一时的热血而贻误终生。你答应着，并不知道那是这一世的告别，虽然你终将会再看到他，如此急切未竟之事的灵魂，一定转身去去就来，你不久不就在某夜市汤汤的人潮灯影中，从某年轻母亲的怀抱中看见它睁圆双眼对你怔忡着。

也有不再言语、静静望着你微笑或只清醒地出神，与平日无二，以致你掉以轻心，坐在他的病床旁，如常地边打呵欠边翻阅晚报，不忘看一眼华硕的收盘价，竟至未及说出来世要如何如何相认的约定。也或许你一直暗暗猜想，他已功德圆满不会再来了（你亦悲亦喜地不敢深想），若你果真不慎变作一只鹿、一枚虫、一个不快乐的人……你也再无法以裸眼复眼识见他，你简直不知道要去哪里寻他，天国？涅槃？某星座？某次元？某大神脚前？某大气大化？某“伟大的神秘”中？……

（当然之前之后，你并没上穷碧落下黄泉地付诸行动搜寻，也许只因你正当中年，生命的中点，与出生死亡等距，有时你错误地以为自己站在十字路口，可以选择往哪一端去，你咬着手指，迟迟决定不了。）

你不能想象，未来在世的漫长数十年，再不会看见前半生须臾没分离过的亲人，所以，就算你的灵魂性急地去去就来，你变作一只蚁，他也不会是那爱蚁人，你变作一株花，他不会是那惜花人，你变作人，他不会是你子你配偶你忠仆如同现下流行的种种前世今生的编派。

世界是一处着火的房子，逃离它是绝对必要的。——你无法和很多人一样接受这个说法，你且发现与其说你徘徊在出生与死亡的中点难以抉择，不如说是难以决定到底要像你再见不到的亲人那样永恒不朽修成正果，还是频回火场感叹那烈焰以及懊悔不及抢救出的宝物。不朽、永恒的境地，肯定没有、起码肯定不同于你所处现下的七情六欲（不然一向照护顾念你的亲人为何都没向你预警几桩你原可避免的灾厄），在没有了七情六欲下的重众，有意义吗？（没有了思念、伤痛，也不会有幸福、欢乐了。）

亚当之子，你会孤独地死去，孤独地进入坟墓，孤独地复活，并将单独对你做出审判。

源此，从什么时候开始，你不自觉地进行着你的孤独之旅——不同于一名友人，他太太老笑他只要一到哪个风景美丽之处便一定叮咛她："日后就把我骨灰撒在这儿好了。"友人说过的地方真是太多了，太太说，得有好几人份的骨灰才够撒——首次，并未察觉的，你和各色人种同舟在纽西兰（通译为新西兰）的某萤火虫洞内，那地下天然形成的水流半点水波不兴并且深浅未知，游人合作地屏息静默，任冥河老船夫奇戎渡你们，一进一进至洞深处，未久，便出现繁星，因为是不会飞的品种的萤火虫，它们真的恒星一样布满黑得没有景深了的洞壁放着冷光，你心底半点没预告地冒出一句："原来是这里……"

你哪里喜欢那个荒山野地，尽管人们个个高大俊美，温良和善得叫人起疑（让你忍不住猜想，可能他们的先祖大多来自上世纪末的英国流放罪犯，以致像傻傻的该隐似的，宿命地有着待罪的谦卑），又且夜晚天际最亮的一颗星星竟是你从没见过好陌生的南十字星，然后猎户座，像个醉鬼似的横越中天，就要倒栽进海一般望不见彼岸的陶波湖中……叫你像很多人一样在那里活着终老都不愿意，你大大吃惊你的灵魂的未来栖身之处将是，将是这样的，这样的。

其后几年的一个夏天，你在奥地利的圣沃夫冈湖畔，不合群地不想与友人乘缆车上山去看个什么百万年冰洞。你最不喜欢旅行中的一切猎奇，你喜欢坐在寻常的户外咖啡座上，像当地人一样不东张西望地静静读着行囊中的一本书，你更喜欢挨家挨户地随意乱走，认认每一户人家的花木，羡慕透了他们都不摘食童话中才有的覆盆子、鹅莓、蓝莓、醋栗、蔷薇科的果实……欣赏美丽的窗子、窗帘、家居极了的摆设(通常在东亚国家,有如此美丽窗口的人家，一定精心摆饰得全为给外人欣赏的）……总总，因为下一程接驳的缘故，你不情愿地随友人搭缆车至山腰，步行过一片长满钟型小白花的林间隙地，然后山羊一样地缓步上山，据说那山洞就是数十年前一牧羊人在找寻走失的羊时意外发现的。

洞口在背阳的棱线下，入内不远，你们纷纷掏出薄夹克御寒，趁便适应洞内的幽黯。眼前景象比较接近想象中永夜时的南极大陆吧，照明不多，但打光位置都经过设计，冰洞像乍然停格的飞瀑或巨涛很骇人，你害怕“一二三木头人”的咒语一旦解除，它们会乱石崩云劈头盖脸打下来。你们沿着简单的步道缓缓上下，仿佛走到地底极奥处，偶尔你的影子落在洞壁或地上，叫人吓一跳，提醒你像游炼狱时的但丁，是有影子，是故是活的，毫无疑问。

毫无疑问的，那将是你日后的栖息之地。当你的灵魂像该地农民至今仍相信的——缓缓如同一朵白云自口中吐出时，立时，才不会以候鸟慢飞的速度，立时冻结在这洞窟的某黑暗处，真正、真正沉酣着，冬眠着。

为什么会是这里？但当然就是这里。

你们等候缆车下山时，太阳在山那头，因此你连买了两杯现煮热咖啡也无法恢复体温和低血压，你且都不再回首多看一眼方才给你如此奇异感觉的那绵长洞窟所在的山棱，实在是它的选择费解极了，你怔望着正对你同情一笑的卖咖啡的老人，具有典型日耳曼人的高壮，擦肩而过时个个臀部齐你肩膀，你何止显得瘦小，根本残疾、发育未全似的，总之，你们根本就不同国。

所以，与其随它任性毫无商量地胡做选择，不如稍做计划准备吧——毕竟，天啊你可是活在笛卡尔之后老久的时代里呢——关于这点，其实众多、尤其是宗教徒们无时无刻不在进行，例如公元九世纪时一名伊斯兰信徒便曾再清晰不过的言志：我以十二年的时间，当我灵魂的打铁匠。我在火炉里放入了严峻朴素，以战斗的火焰烧灼。我把它放在责备的铁砧上，用责骂的铁锤敲打，直到我将我的灵魂打成一面镜子。后来我又以五年的时间，当我自己的镜子，一直用跳水般的膜拜姿势和虔敬在擦拭那面镜子。后来我还以一年的时间凝视着镜子沉思，在我的腰间，我看见了一圈骄傲、虚荣、自大，还有对我的奉献和对我工作的赞许的依赖。我乃又再努力了五年，直到那圈累赘消除为止，而我也宣告重新成为伊斯兰信徒。这时，我四处看看，发现所有创造出来的东西，全都死亡了。我为他们宣读了四次真主至大，在从他们的葬礼回来之后，由于没有生灵的侵扰，我便全凭真主的帮忙，上达真主所在之处。

但其实，这并非你关注着力的重点，严峻、朴素、淬炼、打磨……你比较像世纪初那名在山里游荡的牧羊人，太阳好时便在某株杉树下盹着了，而后也许因为太阳落山冷醒，也可能被高空盘旋的某种鹫的唳声给喊醒，你如往常被那盘旋的悠然身影给吸引良久，直到你的牧羊犬发出并非在吠土拨鼠的叫声，你伸个懒腰起身，去找那只执意走哪儿去了的顽固愚笨的羊。

这么说好了，你开始勤于游荡，每到一新地点，尽管其中再没出现前两次的灵光乍现，但你都会殷殷问它：“这里可好？”像一个四处找寻合适地点以便放生的饲主，你愈来愈清楚它被囚禁在脑子的松果体里（笛卡尔的说法），而此刻若你增大它的视野，并且默想身外的一切，那么也许届时它的旅程会比较快捷而且跑得够远，不致被肉欲贪念所吸引到眷恋躯体念念不去，如西赛罗的说法。

然而它很久都不再发表意见，你每到一个喜欢得恨不能从此留下终老的地方，你体贴地问它："这里可以吗？”大多时候，它像个被骄纵宠坏了的小孩，嘟着嘴，夸张地重重摇着头，好难伺候。如何你的肉体日渐衰颓，与它像祖孙三代的差距似的渐渐拉大，你好害怕届时它会像一头顽固愚蠢不听劝阻的羊，走到莫名其妙哪儿去了。

只好有空的时候，你依仅有的两次临终经验，再再模拟练习未来某个重要时刻你的出航情景：若你神智堪堪清楚，尚未失去言语的功能，你一定要克制不说，放弃干涉活人的生活，绝不说依恋的话、未竟的心愿，以及忏悔告解。你不要躺在顶楼有加盖违建的公寓房子里，其上的鸽舍、简陋的空中花园、废弃物、中央空调等等会阻碍你的路径。若你像大多数的现代人一样在医院，你必须记住（当然，别变作鹿、羊、虫、某国的人……名单愈来愈长），得往星辰的方向去，切莫迷失在难辨方向的空荡的走廊，切莫与其他重症病房预习出游的游魂寒暄社交，切莫误入陷阱似的进了污物间、配膳室、电机房……其实心无二念的话，你应该立时可顺利通过充满了螨虫的空调和退伍军人症杆菌的楼顶水塔，你发现自己在大约一千英里的高空，远远的下面，地球沐浴在灿烂的蓝色光辉中，脚下远远的地方是锡兰……

在此同时，你希望肖或不肖的子孙亲人能为你展开冗长繁复、一步也不可省的丧礼仪式，例如像古罗马人一样派出一名至亲靠在你身上吸取你呼出的最后一口气（以为可取得你的所有力量与知识），例如某异教徒亲人在你耳畔诵念你不熟悉的经文、某热心的亲人请来的神父牧师法师在你床前代表他所属的大神宣称接受了你的忏悔，所以也收留你的灵魂在天堂天界主怀，他们且合力小心地替你换上以为你钟爱的衣服，他们为你略做修容、谁且剪去一撮你的头发做纪念……你希望他们不要以不拘形式之美名给省略掉种种上述这些你半点不喜欢的程序（还没包括之后葬仪社接手做的），原因无他，借此，你希望一再一再确定你不致被活冻、活埋、活烧，例如你可能忍不住微弱地抗议那异教徒经文的通篇不合理、更正你哪有忏悔而且你才不要去他们以为的理想境地、抗议半点不想再穿那套早想丢进佛济旧衣箱的旧外出服了等等。

是了，你这也才醒悟，原来所有繁复的仪式是为了再再确认死者的死；尔后更复杂郑重的仪式，是为了防止死者的复活，例如压上重重的墓碑。

无论如何，你已经化作一股硝子风在大气中，爱去哪儿就去哪儿，这超越形体的自由之感并不令人惊喜，你不知道要去哪里（萤火虫洞或万年冰窟），这时并没有护灵人指点你前往瓦坎—唐卡（印第安苏族的释灵仪式），也没有沙蛮巫师引导你通过下界的迷宫（阿兹特克族所相信的），更不见传说中已逝的亲人来迎接你。你与几名一道上路的相互望望，看谁肯先带头——很不令人意外的，你的亲人停在医院太平间那晚，你进进出出布置简单的案头，发现同一天离去的几名逝者的灵位牌上写的都是同一个省籍。一个晚上，在一家中型医院走了连你亲人四个山东人，不知是不是个合理的比例数字，不过这再次证实了你的看法，造物大神比你高明不了多少，早餐的桌上边看报、边连一念之间也不需要的一指头抹掉一排勤奋守规矩正前往抬面包屑的乖蚂蚁——你便和数只乖蚂蚁飘荡于空中，全无好奇打量它们之中可有哭哭啼啼的可怜鬼，乃至讨厌鬼、势利鬼、冒失鬼、吝啬鬼、恋家鬼……如同每逢陌生人场合时你习惯做的事。

原来，原来新的次元的时空里，是没有情感甚至情绪的，你都没借穿越时空之便去看望亲人在哭在争论你没交代清楚的后事安排，或寻常在做非常私密的事（活着的时候你曾因为太想知道而差点去装针孔摄影机）。第一个让你松绑、因此得到自由的，不是以为变成有翅小天使或六翅天使，是情感，如同很多没死过却不知为何了解因而做过描述的人们所说的，情感，像哗锒锒响着好重好重、重得足以拴住一艘大邮轮不使出航的铁锁链，此时，那锁链被魔法点过似的，已然不见了。于是，你头也不回，像荷马在《奥德赛》中描述过的那灵魂：如梦似幻，轻盈款摆，消失无踪——

至此，那最大最老的问题又横亘于前了，简直的，你哪里都不想去！你才不要去陌生遥远的地下湖泊、洞窟、盐洞，像蝙蝠一样地过活，你宁可生在林奈和达尔文之前的时代，更好是亚里士多德时，因为他说：植物拥有灵魂，唯没有感觉。那就是了，顶好变作亚里士多德时代的植物，静谧之际悄悄绽放，吐出香气，以露止渴，以抽长展脉动。

于是你丢开长久混乱时期的仿佛与梅菲斯特的争辩（争辩内容无非如坊间报上的旅游资讯版广告，这家宣称“梦幻景点组合 枫叶航空感性邀约 玩它千遍不厌倦”，那家信誓旦旦“首创的金阿里巴巴 是重游巴里的最佳”），签下赌注。

有那么一年的中秋节夜晚，你随父母亲与几位风雅的长辈们，在于今儿童育乐中心临淡水河观音山的那面岗丘上赏月，他们喝着酒，开怀大笑地聊天吟诗，你两下就不耐烦，征得母亲同意，四下走走玩玩。那时你大约四岁五岁，没太久，发现周遭游人的腿们没一双是你熟悉的，你张皇地抬头分辨那一双双腿上的头脸，一个陌生过一个，只好大的月亮老样子在当空，和不远处平原上静静的银色河湾里同样好大的月亮，但你找不到父母亲了，果真那是世上再没有过悲伤的事了。你张口放声恸哭，震动肝肠，不久就有好心的游人俯下身可能问你父母在哪儿、叫什么名字、是不是走丢了……你紧捏着一角月饼，哭声震天，无法答话，无法听见，无法视物（只剩下夜凉潮湿的空气中隐隐一现鲜烈涩香的气息），你成了一头没有过去没有未来洪荒里的小兽。

呀，那鲜烈涩香的气息，偶尔一年中五月的有那么一天，晨起、日中、日落一半、日落、睡前会出现五次，多也没有。于是便有一天，你自淡水捷运圆山站下车，试图走到中山北路上去。你照例不走大路，又屡穿临济寺旁的乱屋区不过，两下就无路可走，你只得向眼前儿童育乐中心的收票员问路，他说现下最近的通路只有穿园一途，见你只身没携小孩不似借故免费入园，便热心通融不收你门票的放你入园。

昔时——当然并非仅仅三四十年前的中秋夜——数千年前的圆山，是台北湖畔的诸小岛之一，先民们在此聚落交易，使用石斧、石镞、石凿、砺石，以及淡赭色偶有网目纹和笼目纹的陶器……但，这一切真令人难以想象，因为旋转木马、有轨小火车、龙船盘古开天地以来就在那里半点没改过，然而亲人不在了，不在了，你真想能像四岁五岁时一般放声哭断肝肠——其时日落一半，原来那鲜烈涩香来自那里，那长满土马騌的潮湿岩壁，壁上牢牢扒着好大的雀榕，雀榕迷你无花果似的果实，和周遭几株你叫不出名号的老树——你真美好，请你驻留！

于是时钟停摆，指针掉落。

你完全明白，届时，你将像那地球上唯一没有经历新石器时代的澳洲原住民，将源自先祖的那一部分交回天上某一特定区域的星座，将图腾灵归还大自然的灵界，然后属于你自己瘦巴巴的自我灵，将一脚跨进梦的时间里，藤壶一样攀附在雀榕其下长满土马騌的潮湿岩壁上，仿佛四五千年来就一直在那里，仿佛盘古开天以来就在那里，仿佛那一则经文：当太阳折起，重重下落，山峦动摇，海水沸腾，然后每一个人就会明白自己所做的了。

一九九九年八月一～二日《联合副刊》

银河铁道

你十三岁那年一意想离开父母，
向往自古以来的澳洲 Swagman，
一人在外餐风宿露有家不回，
唯一的伴侣是条狗，

一旦他客死异地，
被过路人草草掩埋，
墓碑上往往就几个字：
“此人没有留下名字。”

捷运全面通车元年，你正式痴长卡夫卡一岁，厚颜无耻地比你少年时崇拜的英雄格瓦拉多活在这世上五年——你习惯这样计时，从不用来砥砺自己，而以此在时间大河中时时定位，防止迷失漂移，仿佛候鸟迁徙时，以太阳的高度、月亮盈亏、星星的位置来知晓自己在哪里——时间的大河里，你老过好多人了哇！

捷运元年，岛上人不知为何看来像那些通车已百年的欧陆国家和数十年的二三东亚都会城市的市民乘客，人人立即一张冰冷的面膜，视线可以轻易穿越挤车时面前十公分处的人脸而凝住在空气中某一定点，他们又且车厢不挤时个个坐定不看书不看报不看人不看风景不打瞌睡，勤于把手机掏出来把玩，一一试过所有按键功能，系系拴拴吊饰，不分性别长幼阶级的很有些猥亵，像尚未有公私领域意识的幼稚园小男生在人前低头专心玩弄自己的小鸡鸡，这一点，也与东亚国家很像的，你就曾在一班通勤电车上，眼前一个上班族女郎旁若无人地拿出三个手机一一玩赏之保养之爱抚之。

但你真正羡慕岛上人的并不是这一点，你羡慕他们勤于砍树把房子盖得很丑，日子过得全不沮丧；你羡慕他们贼来迎贼、官来迎官，称大清良民；你羡慕他们一点不怕战争；你羡慕他们，络绎于途前往菱田小镇买“总统肉粽”、保特瓶“总统汽水”、“总统裤”，捐金牌给街口湄州妈祖小庙心存侥幸小孩也能从此到大第一名……仿佛五六年前同样去近多了的滨海小镇、吃白斩鸡炸溪虾炒箭竹笋烫地瓜叶、四合院前拍张两手做V状的“耶”朝圣照片。

是的朝圣，何其素朴心志单纯的朝圣。仿佛最为人知的回教信徒一生中必要循穆罕默德从麦加奔往麦地那的路线行走一回；仿佛第一个千禧年内的基督徒，必要前往耶路撒冷的基督圣墓，人称棕榈行路人，因为他们把昔年欢迎耶稣进耶路撒冷的棕榈叶作为象征；仿佛你十三岁那年一意想离开父母，向往自古以来的澳洲Swagman，一人在外餐风宿露有家不回，唯一的伴侣是条狗，一旦他客死异地，被过路人草草掩埋，墓碑上往往就几个字：“此人没有留下名字。”

还有一种更甚的说法：死就是死，风会吹走我们的足迹，那时我们真就完全地死去。

你始终不明白，也难以启齿那其中到底是什么如此强烈地吸引着你，尤其在稍后你学习生涯暂告一段落，同学侪辈热衷计划去哪些先进国家排行前十名的名校等等之时。

便在那一年夏天，你假想自己是游牧民族，把所有家当穿带在身（怎么可能！想想你堆置在桌上床上屋角的书本、卡带、旧衣旧鞋、未换季的棉被、不舍丢弃的空鸟笼……的卧室），往南走，不逐水草，逃避一段难以收场的恋爱事故和难以止息的肉体欲望。

岛屿很小，你很快就到了最南端面海之处、最东面海之处、最北面海之处，坐困愁城，但那时你并没有像两千多年前打到印度河畔的亚历山大大帝那样（放声大哭？）感叹："前面再也没有世界了！"因为你假装天真地以为世界很大，尚有诸多秘境和未测之地，虽然的确你的世界地图过于简化、破碎、扭曲、没读好的教科书式的：欧洲过大过低（因为以为赤道经过北非沙漠），中国大陆也大也北

(因以为北界的黑龙江以北便是无人无物无历史无地理的极地冻原)，中南半岛糊涂一片，中南美洲全是高地、草原和政变，非洲全是沙漠和贫穷……总之你的世界地图较接近十六世纪为了航海而绘制的麦卡托投影地图，忠于地点之间的相对角度、以欧洲为中心。

无论如何，这些都不妨碍你，你立在岛屿最东处（那时台湾尚不是当代显学，你连地图都不肯找来翻一下，以为自己在的富冈海边东突起于台东市区，就必定是岛屿的最东处了)，豪情大发，想打造一条属于你自己的黄金朝圣之路（就像当时侪辈们前仆后继所打造的前往先进国家十大名校的朝圣路径)，奇怪那和想做一名埋尸路旁没留下名字的 Swagman 半点也不冲突，就如同你同时打心底羡慕早你一个世代全世界性（包括“文革”时的红卫兵）的背包旅行，一文钱没有或不带的到处乱走串联，但同时你也毫不犹疑有可能的话，你想一身白亚麻西装、戴顶巴拿马帽、乘着有百叶木窗和吊扇酒吧的白色邮轮周游热带殖民岛屿，酒鬼终身，再不回自己家。

(更好能像两三千年前的腓尼基人，带只黑猫，乘艘黎巴嫩雪杉打造的船，以北极星导航，航遍地中海沿岸及岛屿……）

尽管多年后的一个满月之夜，你搭乘小游轮航行前往罗德岛途中，吐得比同船一名孕妇还惨，便有人劝慰你可能是满月潮汐浪高故，也有热心人好意要你进些食免得空胃胆汁都呕出来了。你自行决定趴伏在甲板餐桌上，偶尔被冰凉海水溅醒时，偷抬眼看看船是否正行过暴风雨带，却见船首的掌舵父子二人皆一身短打，裸露着矫健修长的腿，两尊希腊雕像，波塞冬（维琪奥广场的那尊中年海神、而非雅典考古博物馆的青铜像），和阿波罗（梵蒂冈博物馆的）。

月光下，海面平滑如镜，像行在无声无现实阻力的梦境中。

……

全部不冲突。

……

你想去看罗塞塔石。

（你想去布列塔尼半岛寻找中世纪相信天启的星时代教团所埋葬的宝物。）

想踵贝都因人和十年前父亲的脚踪去那座沙漠峡谷中的粉红岩殿佩特拉。

想吃遍普鲁斯特所提过的所有甜食。

（想在一天之内同时吃维也纳两家咖啡馆的沙赫尔巧克力蛋糕。）

（想去找小叮当大雄宜静住的町村。）

（想去《简·爱》里的约克郡荒原。）

想去所有可以远眺极圈海域的岛屿北端。

想去爱琴海中某一岛屿。

(想倾家荡产去尼泊尔买一把廓尔喀人的大刀。)

想去某个诗人和音乐家的故居（名单不断增减中，尚未决定)。

(想去找马蒂斯画的丹吉尔的那间房子，蓝墙蓝门，与露台外的直布罗陀海峡一色。)

(想去确定一部好莱坞幼稚商业电影中的一个让人迷惑的场景。)

想去莫斯科美术馆看终梵高一生唯一卖出的画。

想跟随达尔文的小猎犬号路线走一回，并装不知道有所谓的进化论。

……

心猿意马的，你将不成材、难以启齿的朝圣路径置于括弧内。

罗塞塔石（Rosetta Stone），一七九九年布夏贺随拿破仑远征埃及时带回的石碑，其上以象形文字、世俗通行文字和希腊文刻写公元一九六年埃及祭司为托勒密五世所作的颂词公告。其后二十年，年轻的法国学者商博良（François Champollion）解读成功，死了一千多年的埃及象形文字遂解密。

那块黑色的玄武岩之于你，如同死亡一样具有同等无上的吸引力，曾经你羡慕一名逝去的亲人，这下他可知道了好几桩你们讨论争执甚久的历史悬案，他且知道消失的亚特兰提斯和百慕大三角的秘密，他会知道谁谁谁结果是被谁杀的，他更已知道那只在某台风天出门再没回来的你钟爱的黑猫到底下落如何（你太想知道了！），他甚至比你早一步知道多年前的一个端午节，与你处在低潮状态的伴侣到底是如他所说的与老同学一起饮酒叙旧或其实与他当时迷惑的情人幽会……

这些要是可以用死就换得来，那么不会再有如此划得来的事了——但万一，万一死后的世界，仍然是草芥一名，仍在某大神的强控制下不得参闻所有这世你最亟想知道的宇宙大秘密，那就真叫人可一点都不想死呀！

然而那石碑就在不远不近处的大英博物馆里陈列着，不远，是与死亡做比较，不近，也是。

慢慢来。

你先去孟菲斯近郊一处古老的采硬石场，使用了数千年的采石场四处堆置散落着花岗岩、片麻石、闪长石、玄武岩……其中南北向横倒着一柱方尖碑，无论如何看来与巴黎协和广场中央的那一柱一模一样，你被允许行走其上，像走在一道城墙的城垛上，小心翼翼的，害怕脚迹把镌刻其上的碑文给磨蚀，真不明白为什么它会倒在这里（是因为一次严重的尼罗河泛滥？），且没遭早年的罗马人、后来的英国人给运走，就如同罗塞塔石。

不急。

你借多次公私之便，行踪诡异地不再去各个年代的热门景点场所，例如银座、皇居二重桥（陪外公外婆参加旅行团的年代），例如新旧横滨（从早期的外国人墓地、中华街、八景岛游园地到拉面博物馆），例如代官山、自由之丘（令人怀念的前泡沫经济时代），例如新宿（从目睹都厅超高层的建筑，到南口的游步道上连冬日也排长龙的等买一杯台湾尚未引进的星巴克咖啡），例如原宿、表参道（二十年前，你平生第一次在那儿坐露天咖啡，对街的同润会老公寓开始东一家西一间改成 Boutique，害你以为欧洲一些小城的街道就是长这样，果不其然就在你还未去过巴黎的花神咖啡、维也纳的 Demel 吃沙赫尔蛋糕前，就在这条街上各有了全球唯一的海外分店），例如多摩 Center 和圣迹樱丘（八〇年代末期每替大型造镇的建商推案写文案时必来取经的），例如台场、彩虹大桥、井之头公园（上帝，请给我多点〇〇 ××！），例如涩谷（一〇九大楼落成那年，你尚老实地前往松涛区的观世能乐堂观赏能乐并一定打瞌睡，十年后变成西武东急大车拚时代的购物狂，到哀乐中年仅仅去吃一碗桂花 DD 面或筑地回转寿司，静静走一段西班牙坂，公园通上 PARCO 侧门的花市前站着发呆，决定不了要不要买一盆才一千元的橄榄树，一点不被错身汹涌而过山婆婆妆扮的女学生所干扰)。

也例如霞关、赤坂(泡沫经济前的日本第一时代，你曾带着朝圣心情走在金色银杏的坡道上，以尊敬的眼光看着路上西装整齐的男子，认为他们都是路两旁大藏省、通产省的公务员，确实他们顾盼自雄、意气风发的神采很像彼时《天下》杂志每辑必有、以成功传奇的企业总部[如台塑]为背景的经理人们的合照，自信、精神、笑口大开)。

乃至众多纯粹因为它们的名字而去的地方，例如上野、莺谷、日暮里(地铁图上，多像一幅淡彩的夕照或五言诗句或俳句，现实里，你差点迷途在谷中灵园找不到通往人烟处，墓碑上，有那昔年肯定与你父祖在战场上兵刀相见的年轻亡者)。

(多令人怀念的疯狂乱走的纯真年代！你常即便是盛夏白日也择一段地铁沿线走个十站，满耳满眼全是蝉声和怒放的紫阳花，T恤牛仔裤湿了又干干了又湿，夜晚不需性活动即可睡个死沉，翻身一怔忡，不知自己在哪里，是什么，多老小，不及深究便又沉沉睡去。)

种种只因为你在找寻一条大河……

不是自东向西依序排列的江户川、荒川、隅田川、秋川……

真令人难以启齿，因此宁可费了数年工夫也不愿向人请教，一条打开地图或旅游指南便一定有描绘的大河，一条静静流经整个城市西侧的大河……

大多时候，你欲寻找的大河距最近的电铁站不会超过一小时脚程（你走过距河最远的昭岛駅就不过如此），而且老样子的无非经过駅前广场的脚踏车阵和巴士停，一家西友百货超市或巴而可，一家 Doutor 咖啡或三一冰淇淋或多拿滋店或麦当劳，一间水果店、花铺、（沿中央通别又乱岔路）市役所、保健相谈所、月极驻车场、阿婆店、资生堂或美娜露或高丝化妆品卫浴小药房、×× 病院、×× 署、×× 神社、×× 邮便局、×× 出张所……穿越新奥多摩街道，某小学校、加油站、好大一家 Lawson 便利超商（买两个辛口明太子饭团）、某灵园、某团地区（这些集合社区住宅，不论美丑或蚁工房似的单调，总花去你最多的时间）、小公园，奥多摩街道。

奥多摩街道，车子全开得飞快，像记忆中老老的南北纵贯线干道，过了它，往往在可以远眺溪山前，你就被各种大片绿地所阻断，无非是竞轮场、市民运动场、野球场、自动车教习所、净水场、米军高尔夫球练习场……等等。

你都从不向人问路请教，原因不外乎：一、所有的软性硬性旅游指南资讯根本不曾提及你的问题；二、你完全不懂得这国语言。关于后者这纯技术性的问题，好些年了，你半点无意想做些改善，或该倒过来说，你非常享受回返到六岁前不被任何知识、神话所干扰吸引的不识字状态，你因为听不懂周遭人们说什么、看不懂他们的文字，你的视觉、嗅觉、味觉等纯官能变得异常发达，所有眼前景物不论美丑仿佛都是头一次看到，因此深深地在脑上刻了一道道纹痕。

如同有一年夏天（比你以为到了岛屿尽头的那次旅行要早个两年吧），你与一名同校不同系的友人打算南下找他的学姐（学姐一句邀约：我们家有一座山的果园哟或好几甲的鳗鱼塭或一家老式小镇医院？你们来玩来打工？记不清了)。你们在彰化的客运总站，他吃完肉圆你吃完蚵仔煎，他提议去他搬离有十年的幼时故居看看，地方叫作和美,每两小时有一班客运往返。你们什么都不多(包括行李)只除了时间，便老实等客运，老实行车在没完没了润青的稻田和蔗园中。朋友的故居和附近厂区宿舍已无人居住很些年，日式房子地板塌陷大半、野长着瓜类蔓藤，朋友频频向你发誓他们一家五口小孩真的可以在那现下看来只有十坪大小的屋里玩好久的躲猫猫而且真的很难找。

你们没算好回程班次，等到车时天都黑了，你清楚记得朋友家荒废的小院子里一株茉莉花的凛冽清香，之后，你在多少年什么地点再嗅到相同的花香，想起的都是日后没再去过、今生也不会再去的朋友的废居庭院。

同样叫你大惑不解的还有那嘉南平原上的落日，可能是天宽地平的关系，那又红又圆但不再有刺眼光芒的落日，总要费时甚久才能落尽在地平线那头，路两旁没完没了唰唰而去的高大木麻黄间都不移动分毫的红落日，时间，仿佛停了（以至后来无论你在天涯海角哪个怪国看到那样的红日，都以为是同一颗）。就是那时候，你发现客运司机开得出奇大声的歌谣和他与上下车寒暄问路的乘客说的是当时你一字不懂的语言，你的异常多感，你的脑波异常涌动，一定是因为回到了六岁前不识字的年岁，或到了一种异国之境地。

不通人言的六岁的你，几度溯你欲寻找的大河而上，电车短暂缘溪行，很快就上下相距极远，河床在二三十公尺的脚底，铁路旁的山坡长满有些年纪的杉树，杉间众落的房子有很多是桧皮葺屋顶的百年老屋，屋畔草地开着不认识的白花和认识的各色科斯摩斯花，空气冷冽，很像上少女峰的瑞士登山火车,你心知差不多了,便择御狱駅下车，也有才在二俣尾便下的时候，出车站，左行，过奥多摩桥，便是柚木町的农作田，夏天来的话，整片植着紫苏，春末，常常是高及人腰、灰青色的大青葱，为贪看它们，你多舍河边不走，过吉野街道，因为近山脚处人家多。过即清寺不远，就是所谓的梅乡，你顺着观梅通走，一一审视每一户人家，有像有不像的，不像的包括吉川英治故居改成的纪念馆那样的大户人家。

总总，你在找寻的是几个小孩的故居，多年来，你只知道他们住在大河旁的社区（上游？中游？下游？），他们曾经偷偷合养过一只蛇颈龙在那河里，他们曾从河里直走到地底王国，还有夕阳满天飞过噢噢大叫的乌鸦时，那颗你熟识的红落日也在那映着夕照的河面上，时间，仿佛停了。

你想寻到他们的社区，看一眼夏日时他们在檐角挂的江户风铃，想看他们在阁楼凭窗摇把小纸扇赏萤（纸扇上画着紫色牵牛花图样），想和他们一样放学后在巷弄里追来跑去直着喉咙喊，想和他们一起坐在铁丝网圈隔一隅的屋间隙地的水泥管上比赛吹牛，想和他们一起躺在阁楼榻榻米上听喧天的蝉声做白日梦，想和他们一样有一回骑乘一匹优雅可爱的白色天马飞翔在河上，那配合飞翔的乐音好华丽甜美，同样甜美的配乐出现在海底探险的叫“巴奇”的破车子，巴奇车会说人话，在一场准备慷慨赴义生离死别的戏里，女孩问它，巴奇，你怎么哭了？巴奇赶忙说，不是啦，那是我又漏油了啦。那时候，背景便响起了那又甜美又凄清的乐声，让你发誓到很老很老时听了都一定会想好好哭他一场的……

这一切，都仿佛不识字、不懂人言的六岁时……

曾经同样六岁的你，与同校不同系的友人在嘉义文化路夜市他吃完鸡肉饭你吃完蚵仔煎后就分道扬镳了，只因他不耐你一路行来三心二意走走停停，例如车行到刺桐、大林，你临时起意必要下车，既浪费了车票钱，又为了等下一班客运浪费两三小时甚至更多，说浪费是因为这些地方最值得一看的地方通常就是中穿过小镇、植满木麻黄的纵贯公路本身，因为连客运站们都长得差不多，呈螺旋状，每一个闸口都写着往北斗、往鹿谷、往古坑、往台西、往达邦、往番路、往布袋、往朴子……你无法做决定，每一个地名都想去极了。

友人像兄长一样训斥你，要你好好反省，例如说你不管到哪里从不肯尝新都只吃蚵仔煎等等，最后你们约了一星期后在学姐家见（到底在哪里？），希望届时你已改定好到哪里都只吃固定食物这种“带着乡愁旅行”的不良习惯。

你遭友人弃置在邮政局门前，有着希腊列柱的白色的邮政局，门前一列几株椰子或棕榈，之上有几点早出的星星，遮住其下繁嚣的市集不看，会以为在亚历山大港。尽管那时候的你，一步没出过这岛屿。

你且半句没听进处女座友人的劝谏四下乱走。有一天，发现自己在里港，觉得那是尽头了，因为距下一班经过的客运大约要半天，一个一天只有两班客运肯光顾的地方，一定是乏人问闻乏人居的，但你为什么会在那里？是打算去雾台、达来、三地门的换车点吧？又或者是去了的回程？你仿佛曾在一个必须候更久客运的山地村子待过，村民黥面，说着这下子连猜也猜不了一二分的某族语，你不知该怎样接触任一老小的目光，只好原地下车原地等车，终站站牌旁的阿婆店通篇一律卖着乖乖虾味先和健健美和白梅汽水和津津芦荀汁和一些即使你偷看都知道根本不是当地土产的东西，好比三地门（到底去过没？）的阿婆店卖着凤梨酥，凉山（为了这名字你等了又好久的车），凉山卖的地瓜干（不说好是竹山地瓜吗？），满州卖着澎湖鱼干淡菜，春日卖花莲的粟米饼，旭海什么都没有，于是回牡丹，牡丹重新又卖凤梨酥，回四重溪，什么都没有，除了短短一段不超过三十公尺的主街，街两旁不是食堂就是温泉旅社，旅社玄关和食堂墙上皆张贴着彼时正上映的电影海报《山中传奇》和《空山灵雨》。

你来回主街走一趟已被街民认得，只得胡乱择一家旅社洗温泉。

夏天的午后，竟像冬日午后般的宁静，好大的温泉间里只有你一人，四壁和地面都铺以北投的哄哩岸石，你从自来水龙头这里洗净身体、裸猿一只走到那头池边要走好远，你听到室外传来不知哪个年代的日本演歌，听到老板对家人或女中说着闽南语混日语或某族语，对你而言总之全无意义，你只管放纵着让自己只剩下温泉水里官能的感觉，不追究自己在哪里，是什么，多老小。

你的朝圣之路走得又孤单又歪七扭八又歧路横生，实非始料所及，常时，你假装不知这世界业已被探险完开尽，不再有秘境和空白之地，天真至诚地手持六岁时的藏宝图，寻访夏日也好冷的布列塔尼半岛的某临海海岬，光火车（从蒙帕纳斯车站），就坐了四小时。你执意走到你认为的图上X标记处，眼下的海峡确有一些破碎小岛小礁，但没一个符合图中所描述的形状，你背着从斯堪地纳吹来的极圈冷风立在长满灌木的岩岬上，远处沙滩上的零星游人远望好普通，没有福尔摩斯装成的马车夫，也没有牧羊人打扮的葛尼马探长……但你未觉挫折地等了好久的车（片刻错觉自己在那个什么都没有、不知该属台东或屏东的旭海草原），回那不知该称村或镇的港湾（主街也不超过三十公尺呢），决定不了要不要留宿。

此后数日，你走走停停溯河回内陆区，心不在焉游荡古罗马要塞和凯尔特人旧迹的小镇，吃了好多东西，生蚝、煎薄饼、凉苹果酒、火腿起司咸饼……行囊中莫名其妙是些手制肥皂、蜡烛，和发誓绝不在旅途中买的玻璃制品、贝壳、水手条纹棉恤衫，以凯尔特文为图案的金属镯和各村镇名店的手工巧克力以及无处不有的欧舒丹精油……不能说，你的藏宝图未有收获。

然而真希望这一切冥冥中能有众法护持，就如同那则传说中千年来的银河路，前往朝圣的人连在夜里兼程赶路都可依银河位置标出行路途径。长达七百公里的路途，历查理曼大帝、圣方济各、教宗若望二十三世不衰不谬，甚至史上还有专书记载途中的自然特征。喷泉、医院、宿头城市……其后乃有特定的团体“圣雅各之友”成立（朝圣终点是使徒圣雅各遗骸所在的伊比利亚半岛上的圣地亚哥大教堂），他们的职责是维护银河路上所有天然标记，俾能指引朝圣者顺利前行。十二世纪，西班牙人和摩尔人作战时，便开始利用圣雅各的传奇，在银河路上成立了许多战斗教会，使徒的骨灰自然成为与回教徒作战中最有力的象征。

钟爱蓝色的摩尔人，袍、头巾、帐篷、小屋皆用蓝的摩尔人亦宣称他们拥有穆罕默德的一只手臂以为反击。

你真但愿无论你是哪一方，皆有战斗教会、圣夏各之友沿路提醒指引并暗暗护持（尽管你与他们的目的严重不同），因为你以为自己更像那摩尔人社会里最低（第八）阶级的尼马迪人。研究并亲身追索游牧民族的作者布鲁斯·查特文（Bruce Chatwin）引一位瑞士人类学家的报告说：

> 尼马迪这族人口只有三百人左右，他们以三十人为一组，沿撒哈拉沙漠荒凉的一角四下流浪，他们白肤蓝眼，较黑种农奴还低贱，于是尼马迪人公开宣称，

既不尊崇回教也无食饮禁忌，他们吃蚱蜢与野蜂蜜，有机会，野猪也照吃，他们有时把晒干的羚羊肉卖给其他游牧民族，也以刺槐木雕刻马鞍与牛奶钵换些钱。他们可能是源自中石器时代的一支狩猎民族，极可能是十四世纪阿拉伯旅行家笔下的美索非提人。

然而他们坚持，自己才是这块土地的主人，只是被摩尔人窃取了。

你这样的人，只剩三百个，较黑种农奴还低贱，吃蚱蜢与野蜂蜜，三十人一组，进出边境之南（好些年了，你的岛屿对你而言，边境之南就是蒋介石机场，因为要不是为了离开这里，你根本不会去那么南的地方），往往只为了类似这样的句子："多年后，但丁在拉韦纳临终垂危，跟其他任何人一样，觉得自己的生命说不过去而且孤单。"（是谁说的呀？……）而跑到拉韦纳，光秃秃的整城死寂没有半棵绿树，连通常遍植天竺葵的阳台窗台也空无一物，不用寻到铁栏杆阻断围绕、没有鲜花供奉的但丁墓地，你已完全了解"说不过去而且孤单"是什么意思，因为那六月正中午阳光直射下的岩黄色的死城，比但丁写过任何一篇章的地狱都要恐怖。地狱第二十一章，在冬季（叙利亚来的西洛可风使亚得里亚海海水涌入威尼斯湾，而匈牙利草原的巴洛季风遂令潮水弥漫舄湖区不去），威尼斯的造船厂烧着沥青，为了修补破损旧船。

为此你便假装想前往冬季燃烧沥青、充满着炼狱恶臭浓烟和意象的造船厂。实则你花了大部分的时间在找寻一座教堂，教堂地底，应该埋着许多十字军骑士的尸骨和一副镌刻着圣杯藏宝图的盔甲。教堂不难找，你知道在过学院桥往西横越几条小运河的区块（过往，你为了随俗的去圣玛利亚大教堂和那你又得置于括弧内的海关大楼前行的浮木步道区吃巧克力榛果冰淇淋，而鲜少行过或行过未觉或迷途中），你总迷于重溯一两个熟悉的街景，好比近圣塔露琪亚车站某背临小运河的人家，整墙漆以宝蓝穹苍底色，上绘金色的星星月亮仿佛游牧民族的图腾旗帜，你真高兴看到它与那些珍藏在各教堂比方说提香、丁多列托的壁画一样历久不变；也偶尔尾随一名罕见的当地人快步走捷径，并因此发现一个顾客的国籍不会超过三国的露天小咖啡座；也曾经忍不住在圣马可教堂左翼侧门随人排大队，以为临时有国宝开放展出，临近入口，守门员好大胆子劈头问你是否是基督徒这个你从三十岁以后再不肯回答的问题，你为了想看国宝便谎称自己是信徒，一进门立即憬悟原来是星期天的礼拜弥撒时间，除了语言不同，其崇拜仪式和赞美诗歌与你年轻时代一模一样；你通常花费一下午时间通过圣马可广场，有时去瓜地利咖啡（Caffè Quadri）有时佛洛尼央，视季节和阳光决定去哪一家，而非拥护普鲁斯特或巴尔扎克（前者去瓜地利后者去佛洛尼央）；一股混合着忍冬、桃金娘、野生薄荷、薰衣草、迷迭香的晚风远自科西嘉岛吹来，你可以动身了，切过广场底的拿破仑之翼穿廊，忍着不绕道去海明威的哈利酒馆（你哪里喜欢海明威的作品！），小运河桥头开了一家PRADA，看在它只有亚洲一半价钱的份上，买了一个当季颜色的铅笔盒袋，回去再慢慢想可以给谁；总之在圣斯蒂诺广场附近小巷流窜够了，可以上学院桥了。

你要去的地方，你一直故意找不到，因为故事中印第安那·琼斯凿开力为记的图书馆地板，由此发现地下洞窟埋有十字军骑士的墓穴，他在匆匆拓印骑士骨骸盔甲上的藏宝图铭文时，遭尾随而至的敌人火攻，他机智用计和其实是纳粹女间谍的美女从右下水道潜泳冲开地下道铁盖子逃出，惊散正在悠闲聊天的露天咖啡座游客。

电影中，清清楚楚他们从用来当作图书馆的圣巴那巴教堂广场地面钻出来。

你好想去看仔细圣巴那巴广场上那个印第安那·琼斯钻出来的下水道铁盖（尽管你处的时代好莱坞电影工业是连活生生的恐龙都造得出来的），因为有了铁盖，就一定有十字军，有藏宝图，有一切的东西……

那么这回下了桥就别乱走。

天黑了，卡瑞塔广场空无一人，没有学生没有游人，你只消往你惯去的海关码头反方向、平行大运河、跨三道小桥，不可能不在那里，不可能找不到。

你磨蹭着，延挨着，就如同那一个冬日午后，你坐在距多摩川畔还有一些距离的神明神社前的一张公园木条椅上削一只苹果吃。神社前的地上厚厚落了有红有黄的樱花叶，原来樱花不光只落花的，不远处，有几名依旧穿着短裤短裙的小男生小女生边吊单杠边大声争执什么，小男生立即可分配出有大雄、阿福、技安和其实从来不跟他们厮混冶游功课好的出木杉，小女生……你停了手上削苹果的刀，仔细端详小女生里可也有又娇滴滴又躁脾气又好心肠又长得美的宜静……

你真怕圣巴那巴教堂广场上并没有下水道铁盖，其实你羡慕透了那票紧追印第安那·琼斯不去的敌人们，他们自称是组织有千年历史的维护圣杯的战斗团体，头戴好莱坞电影中凡土耳其人必备的黑穗红帽，开口阿拉闭口阿拉，随时随地准备让他人和自己就死。你不甚了了分不清他们和那成立于十二世纪耶路撒冷的圣堂骑士有何严重不同，你只知道，他们共同不准藏宝图外流，不准任何人惊扰圣物圣杯圣墓，最重要的，他们也共同保护朝圣者。

你最需要的。

因为你停了吃苹果，手执一把水果刀，痴痴向小孩们走去——那日稍早，你曾走到该段河堤尽头的蹴上，发现河川自彼分歧为二路，较细的人工水圳平行于奥多摩街道，其中相隔线带植满高大的桦树和樱，并以铁丝网与圳隔断，最重要的，堤边净水厂告示牌告诉你，这一段水圳叫作玉川（名字可能为纪念百多年前完成水圳工程的二子玉川兄弟），故事中，阿福有次又在炫耀他社长老爸刚给他的遥控飞机，炫耀途中飞机掉入玉川里，他们求助小叮当的“适应环境灯”，走进玉川去寻找，于是发现了地底的圣堂骑士，不不，恐龙骑士帝国——所以，他们，和故事中的他们，都应该是住在这附近福生駅到羽村駅的玉川畔，你心底于是配合着响起巴奇车车的音乐（宜静说：巴奇，你怎么哭了？），你踩过沙沙响的秋叶，尚未张口，小孩们眨眼全跑个精光，比猎豹追捕下的汤姆生瞪羚还快，只一个像大雄但没戴眼镜的小男生临钻铁栅栏前仰视斥责你：“乌鲁塞！”

六岁的你，不如如何听懂了，你检点自己仪容衣着，随意但齐整讲究，神智清楚，如何会让他们以为你是拾荒的、流浪汉、痴汉或密谋者……

圣巴那巴教堂大门紧闭深锁，有一个篮球场那样大的方场上，没有露天咖啡座，没有花果摊贩，没有游人——一阵湿气沉沉的黎凡特风吹过，没有地下水道铁盖。

没有。

(宜静说：巴奇，你怎么哭了？)

你真想学巴奇破车车那样回答宜静：不是啦，那是我又在漏油了啦。那时候，他们俩对话的背景除了那段让你发誓到很老很老听了一定都会想好好哭他一场的乐音以外，是一片七彩金橙色调的夕阳绮景，使得宜静在后来明明是快乐结局的落幕中，也思之落泪的。

因为……

> 你的幸福时刻都过去了，而欢乐不会在一生中出现两次，唯独玫瑰一年可以盛放两度，于是，你将不再跟时间游戏，并将无视于那葡萄藤与没药，你将身上披着尸布活在世上，就像麦加的那些回教徒。
>
> ——爱伦·坡

因为……

那必定也研究过Swagman的布鲁斯·查特文这么说过：每个图腾的始祖在漫游全国时，沿途撒下语言和音符，织成“梦的路径”，如果他依循歌之路，必会遇见和他做同一种梦的人。

二〇〇〇年八月二十～二十二日《联合副刊》

远方的雷声

请你就像那名历史悬案中人，

回首一望，

仿佛濒死之人，

一生闪过眼前，

最后留在视网膜上的，

会是什么？

会停格在什么样一个画面？

也仿佛写在一块

遭风吹日晒得

失了颜色的木牌上的字句：

南都一望。

假想，必须永远离开这岛屿的那一刻，最叫你怀念的，会是什么？

不许说是亲人的坟（居然你也有至亲的坟可上了），不许说是留着不走的亲人至交，不许说猫猫狗狗，更不许说那套美丽之岛永远的母亲鲑鱼必将溯源返乡之类的陈腔滥调——

请以非常非常抒情的方式，就像一名在海禁年代离台并以为不会再回来的人士说及他对这岛屿的回首一眼，类似说黑夜里并不繁盛的人家灯火飘晃在黑海洋上……（以致多年来多少人屡屡研究他回望着那片灯火的高度，像研究艺术电影大师们的运镜角度，太重要了，关乎着他到底是以哪一种方式脱走的，乘船？或飞行器？历史悬案。）

（不然也可像一名虚构中的人物，徐克《刀马旦》里叶倩文饰演的戏园老板女儿，她在戏园即将被抄家封锁的逃亡前一刻，被父亲拖着硬生生离开她从小生长的地方，匆乱中她念念不舍一眼一眼地流驻着戏园的所有一切，空落无人的戏园除了眼前飘浮而过的“广和楼”大匾，其实什么都没有，但同时响起了黄霑的配乐，一切遂变得如此值得有重量，你真但愿回首的那一刻，回首岛屿，回首一生，有人为你配上那同样一段乐声，便足矣。）

请你就像那名历史悬案中人，回首一望，仿佛濒死之人，一生闪过眼前，最后留在视网膜上的，会是什么？会停格在什么样一个画面？也仿佛写在一块遭风吹日晒得失了颜色的木牌上的字句：南都一望。木牌立在奈良远郊不很有人迹的白毫寺前，你听话地回首一望，漫天大雪中只能隐见盆地的依稀轮廓。

会是花梨木的气味吗？花梨木气味的分子结构与鞋草气味的一模一样，你踩折了过多的鞋草，为了追猎原先一窝、后来一只比你年幼的螳螂。你捏着螳螂的细腰，直起身来才发现自己站在没顶的草深处，没有楼房的时代，仅仅如此就辨别不出野地外村子的方向了。家，住着忙碌的、喜笑的、总不认真听你说话的那对年轻男女，你父母，天涯海角的远。

会是更小、或更大一点时，你们乘着一辆装着所有家当的马车，摇摇晃晃行过只长得出相思树林的红土地（你坚持是马车，不肯接受多年来同行之人次次纠正你那是一辆拼装车），车行好多哩，都不见人烟，那传说中的新家更不知道在哪里，天已经黑透了，你那爱偷搽妈妈口红、爱使唤你，常常一阵热情起就拥抱紧你，也常摔破额角、夏天过了就要上幼稚园大班的小女生，你姊姊，呜呜哭起来了。

会是小学一年级放学的某个中午，你觉得自己够大了，不跟随路队走，岔出中山小学前植着两行木麻黄的通学路，走田埂，田埂两旁农夫淋浇的大粪好臭，大粪味至田埂尽头更浓了，你小心别跌进粪坑，粪坑过去是几家矮矮的老百姓人家，简陋得分不出哪是前门哪是后门，你择房子与圳沟间铺满着厚厚软软的谷糠的隙地走，屋里传出荒凉的戏曲声（多年后参加大学的戏曲研究社，才知道那叫苏州弹词，有谓“说小书，一段情”），那曲声很怕人，跟村子里每一户传出的周璇白光或“反攻反攻大陆去”的军歌或现在想来明明是大陆中央台京片儿腔调的播报新闻都大大不同，非常萧条破落，你止住脚步，就要回忆出前生的某一段故事某一个时刻。

会是大水灾后、迁村前的那个夏天？你蹲着陪父亲用插枝法种了好几回都没活成的玫瑰居然抽芽了。你太喜欢玫瑰了，矫健的枝梗、富生命力的刺，发出的紫红嫩叶看起来可口极了，你半点不想搬家，无法想象把它们抛在没有了主人住的庭园、村子里，是会多么多么地寂寞。于是你暗暗计划搬家那天要如何先躲到远远的哪里去，等他们放弃了找你，带着一只猫（黄帝）一只狗（阿狼）和你姊姊上了卡车，便得你一个人独自过活了。你打算饿了去小牛家吃葡萄，小牛家刚放暑假就搬走了，像你父母就要狠心地丢下可爱的玫瑰，不顾地丢下整架正认真结果的葡萄藤。小牛是你最常放学后去做功课的同伴，每次他爸爸妈妈一旁你捶我一下我拧你一把不久，就把连小牛在内的众小孩支使到院子里，关上屋门。你们常蹲在竹篱笆墙角潮腐的根部折磨小虫玩，地上的阳光和阴影皆是绿色的，再没有像葡萄藤那样温良如你以为的父母们该有的样子，覆荫整个院子，静静泌着绿色的香气。

会是那个秋天干净的午后，该换季了但还没，你穿着夏季制服在山中游荡，赤臂赤腿的体露金风，你循着有一阵没一阵的芸香科花香找寻必定存在的一株柚子树或一个柚子园。你站在山棱处的隘口（那时真的以为那座山丘好高壮，足以有山棱，有山腰，有山脚），远望山坳里的村子，隐有人声犬吠，你暗暗向它告别，决定走山脊另一侧的路迹。才仅二人宽的山隘两壁长满各种蕨类苔藓和地衣，可爱得不得了，你一一摸过它们，盲人扶壁似的行走，其实这是一条走熟的路，山径前行几步分歧为二路，左向走到尽头会是竹林小径，小径尽头是养猪和几株莲雾树的农人家，是你与童年伙伴漫长午后的探险终点；山径右转，不分季节总是芒草掩径，明显少人行，你们并非没试图走过，但总是理由充足地半途而废，例如某探险队员的跟屁虫妹妹摔个流血程度的大跤，扯着喉咙哭声震天立时惊起半天鸟雀（好恐怖），也有队员想起其实功课并没写完，或对了原先出来是帮妈妈去跑腿买酱油的，或六点整的卡通《太空飞鼠》就快开演了……你告别山坳里的村子，告别其中住着的功课好、正恋慕国文老师的忙碌的姊姊、也是跟屁虫之属的妹妹，择人迹较稀的右转山径前往。

会是小学生的某一年夏天，妈妈居然肯放你随少年探险队自己搭公车并换两程车进城，到城北的一个游泳池玩水（你们一行没半个人会真正的游泳）。你们玩到天暗才上岸，才发现寄物柜的衣物和回程车票钱全给人偷个精光，你们一行几人头发滴着水、身着各家兄姊过大过旧的泳衣泳裤、赤脚，无法相信你们得这模样走回家，电话尚不普及的年代，连打通电话回村求救都不可能。你们七嘴八舌向管理员哀哀上告，管理员表示爱莫能助，但同情地带领你们到一处形同垃圾堆也发着垃圾堆气味的置物间，是些有人忘了取走或钱被偷走、衣物即弃置不要的东西，你们埋首其中挑拣大小性别接近的鞋、衣裤，大致穿妥，劫后余生地打着冷颤互望着傻笑，至于车费，你们不再苛求，决定步行回家。

只才转过两程车，总共不会超过二十站的村子变得好远，你们唯二有表的不久前也一道遭洗劫，走走便完全失去时间感，路上不再有车呼啸而过，好一阵了，你们走在右手成列而去的白千层、左手是一遛灰泥高墙似监狱的人行道，夜风一过，便纷纷落下白千层的白色茸穗花，路笔直得远望不到尽头，像一场醒不来的梦境，梦境中却突然有一阿兵哥横挡路中持枪呵斥你们，你们全醒了，齐声解释何以在此。原来阿兵哥是围墙大门的守卫，你们相互了解了，便借问自己在哪里，是什么时间？卫兵告诉你们现在是半夜快两点了，你们此刻在海军总部门前，同行队员某闻言忿忿发声："妈的影剧五村的！"影剧五村是你们村子与学校之间的海军眷村，常常和你们的放学路队发生纠纷。于是你们士气大振，正步离开影剧五村总部，行过街灯人家都熄尽的市街，走进四下都是荒冢砖窑场的野地公路——

（请你以非常非常抒情的方式追索记忆，别老暗含指向异质暴力、或扰人的知识、或平庸的后见之明。）

说起那会随晚风一阵纷纷落雪的白千层小穗花，会是学会汉语（曾经的"国语"）前你被托管在客家庄的那一年吗？你随在外公家帮佣的亲戚大女孩同寝同食同作息，她与你母亲同年，你喊她阿姨，跟着阿姨学会淘米、拣菜、晾衣、做酱菜。阿姨在灶下起火时，你为她跑到东院杨桃树下的柴薪堆棚去抱来柴火；她杀鸡时，你便拿来土陶碗放在割了喉咙管挣扎中的大鸡下接血，接满一碗公时，整碗血就凝冻成固体了很奇怪；你随她蹲在井边拔毛剖鸡取内脏，必要看到她以一枝竹篾轻松挑穿鸡肠，剖开鸡肫，像审视外婆的珠宝盒一样细细看清其中的石子杂物才肯走。

阿姨有些事是不许你跟的，总趁你午睡时悄悄走了又回，可能是回她家，去神坛听人开运讲命，去街上百货行买新出品治青春痘的药膏，去洋裁店串门与梅ちゃん交换各家太太小姐们的当月最新情报……但她那回竟然松口肯让你跟，而且说是要去镇外的东边河坝，你吃惊极了，向她追问确定是东边没错？因为另一个相对的西边河坝你们常去，过了铁道、越过水田不远就是。河水丰沛时，阿姨会带大件衣物去洗，冬天曝晴时，会去晒萝卜片，每天都去翻晒，河床上有固定几块巨石是她的地盘，其他大石上晒着别人家的豆角、瓠瓜片或同样的萝卜片，谁都不偷谁。但那东边河坝就不同了，在镇外小学操场边大片相思树林外的大断崖下，崖深有百公尺下的大河床就是东边河坝。妈妈曾经说过，她高中时代曾把一只心爱猝死的德国狼犬从崖头抛下河床（一种天葬法），次年的忌日那天，约了她弟弟你小舅舅去收了莎莎的骨骸（它叫莎莎）。

因为这个故事，那几乎没听过还有谁去过的东边河坝充满了既感伤又童话更诡异的色彩。

没想到阿姨真的带你前往，你们步出种满了各种南洋花木的大宅，其中有威严的、不多话的、正给病人看诊、畏惧外省人讨厌福佬人的忙碌的外公，有溺爱你的、穿着旗袍戴着珠链配饰发际一朵庭院采的应时香花、悠闲持一把日本京扇子招呼来客（药商、高校时的日本友人，或山里担山产来的远亲佃农或从政乡绅刘阔才先生）、撑持一家十来口、也畏惧外省人讨厌福佬人的美丽盛年的外婆。

你尾随阿姨横越小学的红土操场，你希望阿姨慢些脚步等你捡蝉壳，她一点不理你，背影硬硬的，走进相思树林。那林子，一阵晚风，一阵树涌，天下黄雨般地落下黄茸茸的穗花，你害怕有蛇（她一路都用此恐吓你的跟不上脚），奋力追赶，短裤重重地磨擦过掩过山径怒放的马樱丹，马鞭草科植物特异的强烈怪味儿放出负伤抵御的毒气。路尽头，是晚霞天空衬出的阿姨身影，前面就是传说中的大断崖，崖下的乱石河床曾经散落着莎莎或什么人（？）的骨骸。

你发现阿姨在哭。

好吧。

会是另外一个一阵大风吹过眼前纷纷落下黄雨般的相思树茸茸小穗花的夏日午后吗？你因着一段斩不断的感情事故，便像所有那个年纪会采取的毫无想象力的方式寻死看看。便有少年死忠友人死缠烂打不肯放你独自一人，你脚步虚浮行过正午的欢乐大街（以往你们总被这家蚵仔煎那家石花冰以及众打香肠铺给耽搁好久），数日滴水未进快成仙佛，友人忍着饿尾随，你想找一条没有回忆的新路走，因为前面左转是弹子房、小足球、电动街（多令人怀念的单纯的电动年代，苹果电脑还在车库研发阶段，游戏只有小丑戳气球和迷魂车，你曾打算像某些乐迷一样录上整整一卷迷魂车和小丑戳完屏幕上的所有气球被飨以的欢乐乐声）；正中间那条路有一大段是传统市场，米粉汤与金纸佛具店夹一家租书店，你一点不爱看也百无聊赖地看了好多金庸小说；右转的路，是每一个镇上都会有的中山路，对你们的意义是闪进左右两条暗巷各有戏院，一家放着二十元两部的二轮片，另家是总令人期待但难得证实有插片的意大利片，缺片源时就只好放蔡扬名导杨惠珊演所谓的社会写实片。你之前常与未分手的情人在苦等插片不来时与其他观影人一样自行暗暗演出，所以中山路绝不能走。

你往上坡的老街走，百年老街岂会无记忆？但正因为这个原因，荷兰人英国人漳州人泉州人、混杂着历年来你带来过的各路初访小镇的友人必走的这条首选观光路线，给稀释掉了。

老街尽头通往山腰有数幢荒废的洋楼，最末一幢洋楼属于某专科学校当办公室用，你们总与友人在洋楼前那修剪整齐的草坪上、维多利亚风的露台前廊上拍照，还没开放出境旅游的年代，这里是你们所能想象的外国。通常趁办公室内的职员出来盘问前，你们顺陡坡而降，改沿河畔走，河畔人家通路不久会通回二十元两部电影的戏院后门。你便第一次不走陡坡，改反向地穿过学校，学校篮球场上是全脱了上衣在斗牛的附近学生，你淡漠地看着他们，觉得自己历经沧桑好老好老，友人跟上脚步走你一旁，你也淡漠地看他一眼，答不出他问的“你要去哪里”，因为你哪里知道自己要去哪里。

专校的后门出去仍有路，介于标准乡间公路和产业道路之间宽窄，又是橙红色的沙岩地，只能长着各种野草和一丘丘的相思林。你们走了好久，太阳尽管在同一个位置丝毫不移动，也许是附近有海的缘故，刮起催眠召唤的风，你执迷前行，不管时间空间可能稍出了问题，因为你们一直在绕行一个相思林环绕的大丘，只有另一边景观偶有差池，出现梯田，出现黄槿树和龙眼芭乐树掩荫住的农家，没有人烟动静，叫人分不出是不是荒置的空屋（多年后，你们行走的这条路被拓宽叫菓岭大道，没错，你怀疑的大丘是建有百年的高尔夫球场，梯田处建满了楼高十五层叫“大河文明”、“高巢”、“油车口出租住宅”等的新市镇，仍然分不出有没有人住)，你们哪能预见这些，你们甚至连日落之前的事都不能逆料。

不然，会是那个同样一阵大风吹过，眼前纷纷落下被南方太阳晒软、饱含燠香的椰林穗花的夏日午后吗？那股风明显是雷雨前的征兆，你们不改其志，放弃了地图，随意游荡，开车的不是你，是当时与你有些微妙情谊的同性友人。你们成家没成家的好几个家庭一起在岛屿南端共度了一个周末假期，回程众家小孩不愿被家庭分隔，便你与友人志愿带了所有六个小孩挤一辆吉普车上路。你们在东港吃过海鲜后跟丢了其他车，只因这个小孩尿急停车，那个小孩见路边有无人看管的莲雾定要下车采摘，有时想找个阿婆店满足包括你们和每一个小孩不同选择的饮料。你和友人且想不起东港一别时众人约好了到底是要走哪里，海线或山线？但你们早已不知不觉又回头到林边，便干脆回枋寮（就在那时决定丢了地图），溯纵贯干道北上。

南部出身的友人告诉你他们中学时的约会地点是第几棵椰子树下，久了且有固定属于个人的树（不正像阿姨有自己固定晒萝卜片的巨石吗），可是老天那椰树夹道的干道前后不断少说有几十公里吧，太扯了，你不相信有这种约见法。友人信誓旦旦定要带你前往（是这样你们才决定走那纵贯干道的吧）。

干道大异于海线路两旁的全是打着水花的鱼塭，它尽是赤道南洋的浓绿果林，你们车行浸泡其中就喝醉了，时而放声大笑，时而相互传抽着一支烟，后座的小孩们愈发被你们感染得不时轮番攀住你们肩膀哀求别把他们那么快就送回各自父母家。你们才哪有这个意思，你们逢歧路就转，一条不知道通往哪里的陌生路径霍地在眼前，两人又一阵犯了罪行似的大笑，没有什么事是不可能的。例如下一个画面，吉普车四轮朝天地倒毙在烟草田里，轮子无声地空转着，或你们劫住另辆车，杀两个人，为了干个打火机……

友人早离开这岛屿好些年了……（不知他临了的那回首一望，闪现并停格的会是什么？）

会是更早些年的夏天，你随友人南下替他高中同学的父亲看管糖厂老宿舍。一定曾是厂长级住的官舍保养得很好，每日有女雇工来跪着擦地板，可做卧室的房间有七八间，都有着大窗和美透了的 view，你们一人任选一间还觉不满足，恨不能多长出几个身子来间间都住，连那澡间也是有七八个水龙头的长方形大敞间，这比较叫人害怕，屋角散溢着青苔木耳蜘蛛网味儿，你蹲踞在任一水龙头前洗浴，拘谨得不敢左顾右盼，觉得左右一起蹲了六七个和你一样在洗浴的身形。

那时你们哪有车，偶尔向打算来剪一下午草坪的工人借单车，不拘谁载谁的直奔镇上，出糖厂的路仅容单行，一旁是高大的芒果矮小的七里香树篱，另一边是更高的大王椰和低矮的金露花丛，它们连手凝结成有气息有实体的网，阻断道路，你们加快踩车为要赶三点整前的雷阵雨。

雷雨准时下起，你们坐在零星开市的夜市摊上吃没有猪脚的猪脚面线，或柠檬爱玉，重点是翻阅桌上的报纸电影广告，看看镇上的三家戏院分别在演什么。桥下那家专演不太新也不太久远的好莱坞经典片（好像如今的HBO），这天它演的是〇〇七第一集《第七号情报员》（又译《诺博士》）；过中山路的那一家通常比较引人遐想，你们研读玩味那必定又是意大利片的怪译名，揣测着插片出现的可能性及长短；夜市街不远巷子里的那家通常专演国片，除了成龙和李翰祥的乾隆系列，你们从不光顾的。

雷雨通常在你们讨论并决定妥就停了，你们那天哪部也不想看，也不跟以往一样偶尔往南骑就是了，骑到哪儿算哪儿（有次骑到你们幼时心目中的朝圣地，美和中学），你们懒洋洋地呆坐着，棚外路上到处汪着的积水里的阳光比天上那个还强烈，射得人眩晕起来，你们隔邻是一家画相铺，就是翻画老相片的人物肖像，大多用来放到供桌和祖先牌位的遗像照，总总距离你们现存的年纪和状态太远，以至从没细察，这日才发现它画工拙劣得可以，有顾客正上门，恭谨地交代拜托老板什么，你和友人互望一眼，忍住残忍的笑意，棚檐的雨滴每一分十七秒坠落一颗，那时你尚未找到适切的文字语言描述你们既寂寥又懒适的状态，可能得好些年后。

那么会是好些年后，友人出去念书（尚不是更后来的永远离开这岛屿），有时他自亚裔同学处弄到盗打密码，越洋电话给你，总挑你这里刚入夜他那里即将天明的时刻，你们常讲到再无话可讲，你听出他是在黯夜的街头，寂静无语的电话里不难察出。往往，你们各执话筒发起呆来，任你们其中一人说出《百年孤独》中那打了近二十年内战的上校与老战友以电报拍发的寥落对话“马孔多下雨了”，你一点都不会惊讶。

老战友马魁兹一直想为老上校找一匹额头有白星图样的马儿。

会是你曾那样渴切地等待，并非等待一匹额头有白星的马儿，你等待父亲下班回家带回他应允你们的东西，有时是一盒二十四色的狮王粉蜡笔，有时是东方书局的书，有时是伍中行的牛肉干或寻常的彩色健素糖，有时是新出品水果口味的牙膏，有次是父母觉得美味你们却失望得快哭了的松花皮蛋和糟白鱼……太多了，你总在黄昏的村中大道上等待父亲的交通车，交通车一进村口就八九辆，你不识字但完全能一眼认出父亲搭乘的那号那军种的交通车。

你看着父亲下车，比你现在年轻六岁、不到三十六岁的父亲，长得酷似“法务部长”时期的马英九，你每天见面每天依然害羞不上前迎接喊人，你总远远沿路边平行跟踪父亲。夏天的时候，路树合欢鹅黄的粉扑花全开了，甜得肯定比任何一种水果都好吃，你仰着头踮高脚尖，执意要摘它一球花，摘得到的大孩子没一个肯摘给你，他们这日老样子的正展开一场不准幼稚园弟妹加入的游戏，做鬼的面壁数数儿其他一哄而散，你眼明脚快地尾随小牛二哥，钻入医务所前广场的野草地，没多会儿就失去了他的踪影，你顾自拨草前行，一次发现一堆空药瓶，一次找到一竹筐肯定是村子里做衣服的陈妈妈偷扔的碎布头，其中有闪着亮光的织锦旗袍料哩，还有一次是一枚蛋，次次你全当宝贝捧回家献给母亲。

会是灯笼节吃过晚饭后的晚上？左右邻居小孩全群聚你们家，人手一个奶粉铁罐的自制提灯或最便宜的纸灯笼，耐心仔细的父亲为你们一一点着烛火，拉起纸罩，立时屋里人影幢幢，你们快乐地不敢尖叫不敢妄动，生怕烧了灯笼。父亲喊母亲把门打开，要正待出发夜游的你们十数个小孩空出的那只手一人牵一人，走在路上要彼此照应，母亲推开门，望着外头，说了一句好几年后你才听懂的话，母亲说：“是ㄔㄨㄣ雷（台湾拼音，春雷），不晓得会不会下雨。”

因为那时远远的天际传来雷声，庭院内两年后才会种活的玫瑰和应该是小牛家的葡萄藤气息一股涌入屋里，你们赶忙放手顾自家的灯笼罐头，屋顶地上四壁剧烈地摇晃着人影火光，是父亲拉熄了电开关吗？因为客厅正中悬吊的灯泡突然熄了，屋子黑了，记忆，视网膜上的光点，戛然而止。

“停电了。”有人说。

二〇〇〇年八月十三日

《华太平家传》的作者与我

我想试试看，

能跑多远。

予好友的一封信里，

我曾试图描述：

父亲不在后的最大不同，

觉得自己像断线风筝，

可以无罣碍地四下乱跑，

但我简直不知如何形容

这全新的感觉

（是好是坏？）……

啊，老船长死亡，时间到了！起锚吧！

——波德莱尔《旅行》

父亲离开以后，最立即明显的不惯就是，以前每隔几天便要发生一次的——我在浴室里大喊："大，救命！""大"是我们山东人喊父亲，"救命"是隐形眼镜在戴的过程中又不慎掉落哪儿了，这时，平日慢动作的父亲，总在第一时间，搁下手边正在写着的《华太平家传》，打把手电筒推门来解救。我扎煞着双手、尽力保持镜片掉时的姿势，不敢挪移寸步，父亲总非常耐心地搜寻我身上、洗手台、水龙头，乃至马桶瓷砖地上，在我很容易悲观的"算了算了！大不了花钱重配！"声中，父亲总不发一言地为我找到，从无例外。

不习惯的不只这些。没出门的白日里，大多是我和父亲各盘踞餐桌客厅遥遥相对。晚报来时，通常也是我们搁下书稿的下午茶和我的时事评论时间，我总是边看报边批评，反倒像个火气十足、不合时宜的老头儿。父亲总边吃东西边做我的好听众，同意我的说法时，便摇摇头苦笑。

父亲不在，没有仰仗了，奇怪的是镜片再没掉过一次，但仍恍惚以为，只要喊一声“大，救命！”父亲会夺门而入，仍老是看到报上 CoCo 的漫画就本能望向父亲的座位，父亲每星期一次地把包括《商周》、《新新闻》上的 CoCo 漫画剪收齐了寄给上海也爱看政治漫画的亲戚。

不适应的只有这些吗？

过往，我们总是餐餐都像除夕团圆饭，一定摆妥了桌子，全家大小坐定了才一道吃，边吃边话讲不完，不论忙闲，不论晴雨。在我们家住过两三日的阿城就边抽烟斗边望我们一桌惊叹：“真是山东农民！像要下田干活儿似的顿顿扎实！”阿城是饿了才吃。

材俊上班、盟盟上学，变化不大。我们女的几个却往往下午一两点在吃早餐，饭桌空空，妈妈刚吃毕超市买的现成饺子，天文慢动作切水果丁佐优格，我以三块（或更多）希尔顿黑巧克力配美心的特调红茶……“那时没有王，人人任意而行。”

我们每天总会因触景而忆忆父亲，但都讲得假假的，不关痛痒，因为不约而同害怕极了谁谁眼中一闪真情的泪光会当场引爆不能想象的场面。我们且把父亲的骨灰盒摆在他与母亲的卧室床头，未设任何案头祭拜形式，每出远门前会去摸摸它，觉得那只是一项与父亲有关的纪念物，并不觉得父亲在那里。

我们且没遵守任何规矩的游荡好远（虽然父亲在时我们也常这么做），天文先随《海上花》去坎城（通译为戛纳），除了首映一步没踏入与影展有关的任何场子，自己在邻近小镇游荡半个月。夏天，我和妈妈盟盟去欧洲一整月，城与城之间搭火车，城里镇里便用地铁公车和走路，每天不到九点天黑是不回旅馆的。我想试试看，能跑多远。予好友的一封信里，我曾试图描述：父亲不在后的最大不同，觉得自己像断线风筝，可以无罣碍地四下乱跑，但我简直不知如何形容这全新的感觉（是好是坏？）……

我走在黄昏长满野花的古罗马废墟的巴拉丁丘，在西斯廷教堂仰望米开朗琪罗的《创世纪》，在乌菲兹美术馆看达·芬奇、拉斐尔、乔托的圣母像和宗教画，在卢浮宫看委罗内塞的《加纳的婚礼》……一点感觉不出父亲会在其中，因为父亲曾经回答人家询问关于对死后世界的想望，基督徒的父亲说，应该是在天国做他喜欢的事情例如写作。我且走到了天涯海角（时差八小时，我到过的纬度最高地），站在凯尔特人昔年为阻挡维京人所建的废城墙垣上穷尽目力望向天边，丝毫感觉不出父亲可能的去踪。

变得很幼稚、无知。过往所具备的一些知识、哲学、看待人生生死的老练……全部零蛋。我且老忙着问亲人好友有没有梦到父亲，其中勉强有的，也都没一个令人满意（有那梦中仍不知父亲已死的，或很片段恍惚），我自己做的也很不成款。理智上，我们互相安慰，父亲生前已少叮嘱挂念，之后怎么可能再来唠叨交代什么……但，他真的不想念我们了吗?

于是天文说出很恐怖的话，她说人死了就是死了，不会再有什么，我惊吓极了，想说服她其实我也不能被现存的任何宗教所描述人死后的世界所说服，但我以为它只是以一种我们完全无法想象的方式存在着。因为我一直相信，有一天我们在另一个时空里一定还见得着，而且父亲应该会说，关于他的后事种种，处理得挺好，简单、不拘形式……

真的像是昨天早晨的事情，我们帮父亲换穿上他平日惯穿的舒适外出服，暂时在太平间等候，而后我们与医院附设的葬仪社老板商量后事的处理，我们未交换一眼一语的在有数十项的葬仪服务细目表格上只勾选了三项：环保棺木、火葬费和运送棺木的车资。我们不让父亲穿戴令人陌生的寿衣寿帽，我们不让化妆因为父亲离去时的面容与平日无二，我们用在医院守夜睡沙发椅床三人盖过的家常格子被取代僵尸片里道士作法穿的道袍般的寿被……这一切，女婿材俊形容，仿佛是父亲在办自己的后事，因为，有他生前清楚的行事风格，才有我们不用讨论、意见一致地应对各种无法想象又无经验的状况。父亲去后的二三日，“总统府”某一局处电话来说领导人要颁褒扬状，接电话的我们之一回答：“谢谢不用，因为父亲非常不同意领导人的为人处世，而且一直以为文学的成就也不需政治人物来肯定。”次日，办事人员尴尬地再打电话，请我们不要为难他只是一个替人工作的，因为褒扬状已发下他必须传到。我们没有为难他，只在他递给我们转身离开后，随即丢在门口旧报纸箱里给收废纸的载去垃圾回收了。父亲告别式的前一日，也有市府人员打电话来表示市长陈水扁届时将拨冗参加，我们回答："先把不礼貌的话说在前，若市长有空跟所有人一样教堂里排排坐到底，容父亲的友人晚辈台上追思，而他与其他政治人物一样不能上台，那，欢迎他来。"陈市长当然就不来了。告别式的会场，所有的花篮包括宋楚瑜的名条全取下，只遗憾懊恼会中那强出头临时插花跳上台的国民党文工会主任，材俊差点儿把她拖下台。

我在意极了父亲对我们处理后事的肯定，因为，我唯恐只因父亲一向行事的淡泊低调，会使得这一场、他的离去、他的文学成就、他的最后未竟的长篇小说，趁此被遗忘。

真但愿是我过虑了。

去夏，市政版上不起眼的一方小新闻，市府打算将中山南北路设计成文学步道，每隔数公尺立一文学看板，一面镌刻作者生平简介，另一面是代表作中摘录的文句。于是包括郑清文、陈万益在内的遴选小组选了四十七位对台湾文学有贡献的作者，其中大约只二人是活着的（上述两个数字全凭记忆，误差应不大）。父亲，在台湾活过五十年，娶苗栗女子，作品近四十部，二十多年前就被张爱玲说“西甯的学生遍天下，都见起来还行”。……这样的父亲、我的文学前辈，并不在四十多人之列，我真希望有人告诉我，是因为他的作品不够多、不够好，住得不够久，不够与台湾有关系，而不是——他是如此地政治不正确。

早已有迹可寻。还在三十年前或更久，与我们有亲戚关系的吴浊流前辈（我的大舅妈是他的侄女）就告诫过父亲：“多参加台湾人活动，少整天跟外省人一起。”外省人，不过是我们喊叔叔伯伯的司马中原、段彩华、舒畅、洛夫、痖弦这些同样是军职之外狂热写东西的人，父亲饭桌上转述这话予母亲时，沉吟着。

喊过父亲老师的众多学生中，有一位尤令我印象深刻，他来家很勤，饭桌上，他哑巴似的几乎没半句话，看不出聪明，父亲与他谈得特多，并对他带来的小说手稿阅读再三惊为天人并四下推荐。我们做小孩的，记得的当然不是这些，每年中秋前夕，他会准时寄来一篓真的好吃的麻豆文旦，我们叫他的本名、××× 叔叔。他后来果然一书成名，并以取材他出身背景的小说屡被用来作为方兴未艾乡土文学的上好范例。他渐渐没来我们家了。有一年，父亲趁南下演讲去看在“中油”上班的他，他主动告诉父亲，他彼时最被称道有关劳资斗争题材的作品很多地方并不符实况，但为了服务政治理念也只得如此。多年后，甚至就是今年初，我在报上读到他检讨市长选战为何失利的文章，主要论点归因于外省人的褊狭、不长进、不认同台湾……我只想，他的“外省人”里一定没有父亲的名字吧——早没有了。

这类喊过父亲老师的学生很多，大多有一个公式可循，大约他们在开始出书发表时就某个场合中称朱西甯先生，再几年（端视事业升迁的速度而定），便改口直呼其名。我可都记得清清楚楚。

这一切，父亲却并未看在眼里，于是我长大到一个年纪时，开始不平则鸣，建议他把被学生占去的时间留点给自己写东西，并直言不要理谁谁谁、又某某某的作品根本没那么好。父亲总说，他始终记得在当流亡学生而又对文学最饥渴求知时，常想只要一个老师适时地随便一些指点，不知会有多大的长进。

其实，我哪也有资格批评计较他那些学生呢？很长一段时间里，几次我忍住质疑父亲，为什么会随国民党来台？因为在我看来，彼时绝大部分优秀的作家（尤其我喜欢的钱锺书、沈从文、老舍）全都选择留下，即使不为了共产党，也为了它背后所代表三〇年代以降社会主义热血青年追求的社会正义人道关怀等等……我父亲，为何如此地政治不正确？尽管知道父亲的大哥（北伐前在县城里以国民党员身份办报）、二哥都死在大陆，但这就足以支撑他做如此重大的抉择吗？

有一年，远企Mall刚开不久，我们拉父亲去吃吃逛逛(总是这样，老要把父亲拉离他的写稿工作，老怕他不知“外头”变成怎样了)。回程车上，父亲说，真像当年南京的某个商场，当时的父亲，正埋头苦读准备考清华工科，为能参与日后可比田纳西河谷水科计划的扬子江水利计划，但见四下里处处歌舞升平纸醉金迷，父亲寄居六姊家的南京新街口附近便开了一家远企般的新型大商场，其气派奢华几近威吓，走在其中令人觉得寒怆和渺小无力。数日后，父亲弃笔从军。

这回，我没再问父亲为何从的是代表资本主义、代表那“商场”的国民党军，我渐渐看待一代之人不以事后之明的分法，例如不再惑于用意识形态、主义、信仰（及其所衍生的阵营立场）来分出一代的“好人”、“坏人”，我比较好奇于分辨出心热的、充满理想主义、利他的、肯思省的……以及另一种冷漠的、现实的、只为自己盘算的两类人。前者，在任一时代，都有“站错边”的可能，而后者当然是从不会“犯错”、绝不会被历史清算、最安全舒适的。此中有高下吗？求仁得仁而已。

然而这一切，与父亲、与父亲花了十数年时间写又居然没写完的五十五万言《华太平家传》有什么关系呢？

父亲晚年，在面对一些热心询问他长篇进度的人时曾说，已不考虑读的人，不考虑发表、出版，已是“写给上帝看的”，我一旁听了直皱眉，听不出凄凉、自慰或单纯的只是出于宗教信仰，毕竟没有问是哪样一种心情，因为怕忍不住烦躁地会说：“这样岂不太抬举上帝了。”

为此，十数年来都不肯看这“写给上帝看”的作品，竟直至父亲不在。

读《华太平家传》，好一幅缓缓展开的清明上河图：天子下殿走、西南雨、望门妨、神拳、清明早雾、粮草、老棉袄、躲伏、乘凉烤火、地瓜翻秧、风水、鸟窝、黄河见底、鱼鹰、年三十儿……（皆《华太平家传》篇章题名），历历在目，然而就算好看极了又与我们的当下有什么关系呢？一边读着，一边我分神想着日后出版必定有的质疑声。然而，另一个更遥更远时空的《追忆似水年华》《百年孤独》《复活》……与我们发热病似狂爱的“台湾当下”简直的也又有什么关系呢？

父亲的手稿中止于一〇六六页，与他最后住了整整五十天的万芳医院一〇六六房数字恰巧一致。那第一〇六六页，字迹一如首页的整洁有力、意志满满，观之给我莫大的抚慰，原先我害怕面对的那页是零乱涣散、或跃然纸上的不能罢休不甘终止……但毕竟同样作为一名写作同业的人，会否因为未如作者原意结束而感到作品残缺或竟至影响整体价值？我以为某些人的创作方式或许会，但原计划百万言以上的《华太平家传》则不会，较之前者西画式的讲求结构布局严整,《华太平家传》比较接近一卷卷轴，好心情好风日好悠闲时，可展全尽览，若不，打开多少看多少，也无碍于赏读的乐趣。

作为一个读者和写作者，我这么以为。

对于“写给上帝看的”这信念，我也稍后在本雅明的话里稍稍释然。本雅明说：“小说家则是封闭在孤立的境地之中,小说形成于孤独个人的内心深处,而这个单独的个人，不再知道如何对其所最执着之事物做出适合的判断，其自身已无人给予劝告，更不知如何劝告他人。写小说是要以尽可能的方法，写出生命中无可比拟的事物……”

我永远记得那无可比拟的夜晚，父亲走前两夜，病床两侧我和天文一人睡一张沙发椅床,天文是连日弄《海上花》电影字幕困极了已倒下阖眼，父亲便要我也赶快睡，一贯的话：“累坏你们了。”那夜的父亲，反常地没吃多少我带去的鼎泰丰八宝饭，我有些担心，便假装躺下并不敢阖眼，留有夜灯的病房，我可以清楚看到躺着的父亲睁着大眼四处打量，异于白日的因药物和贫血而昏睡。父亲确实清楚看到很多我无法看到的什么，他鹰似的爱观察的炯炯双眼，焦距左右远近不定的时时变换着，几乎我可以听到上好的单眼相机不断“咔嚓”地按快门声，但觉鹰眼就要扫到我时，便赶忙眯上眼装睡。整夜，父亲没睡，起来上厕所而我为他披衣时，真想问他看到了什么。

那夜，父亲在我的监视下不好离开，因为次夜，天衣异于我的方式念了一两小时的《圣经 · 诗篇》并随即浅睡回避，因为事后她说，她觉得“死是一件很私密的事，无法当着即便是儿女的他人面前发生”，父亲果在沉酣声中离去。

父亲是替我探路去了，他知道我怕黑、怕鬼、怕病痛、怕死，他常笑我“恶人没胆”。

于是他有这样一场演出，病中的平和，上路的泰然，父亲的遗容甚至是微笑着的，教我相信，遥遥未来的某一年某一日某一重要时刻，当我大喊一声：“大，救命！”他一定会在第一时间里，破门前来帮助我。

一九九九年四月二十三～二十四日《联合副刊》